M
Adi
Má

Perception et impacts socio-environnementaux de l'interférence de l'assainissement

Monique G. Sousa de Almeida
Adiel José Passos da C. Júnior
Márcia V. P. de Oliveira Cunha

Perception et impacts socio-environnementaux de l'interférence de l'assainissement

Cas du quartier de Colina, municipalité d'Igarapé-Açu - Pará - Brésil

ScienciaScripts

Imprint

Any brand names and product names mentioned in this book are subject to trademark, brand or patent protection and are trademarks or registered trademarks of their respective holders. The use of brand names, product names, common names, trade names, product descriptions etc. even without a particular marking in this work is in no way to be construed to mean that such names may be regarded as unrestricted in respect of trademark and brand protection legislation and could thus be used by anyone.

Cover image: www.ingimage.com

This book is a translation from the original published under ISBN 978-613-9-60368-8.

Publisher:
Sciencia Scripts
is a trademark of
Dodo Books Indian Ocean Ltd. and OmniScriptum S.R.L publishing group

120 High Road, East Finchley, London, N2 9ED, United Kingdom
Str. Armeneasca 28/1, office 1, Chisinau MD-2012, Republic of Moldova, Europe

ISBN: 978-620-7-27941-8

Je dédie ce travail avant tout à Dieu, qui m'a donné la persévérance et la force dont j'ai eu besoin tout au long de ce processus.

A mes parents Gilson Almeida et Lélia Almeida pour leurs encouragements et leur affection.

Je voudrais également le dédier à Paulo Carrera, qui a su m'apporter la joie, le partenariat et le soutien dont j'avais besoin avant son départ pour le ciel et qui est maintenant aux côtés de Dieu.

REMERCIEMENTS

A Dieu pour sa force à tout moment de notre vie, par la foi pour relever le défi de réaliser nos rêves.

À ma famille pour son soutien sincère et son affection incommensurable.

À mes parents Gilson Almeida et Lélia Almeida, qui n'ont jamais ménagé leurs efforts pour encourager notre processus éducatif, à ma sœur Milena Almeida et à mon neveu João Alberto pour leur joie et leur compréhension, en particulier pendant les périodes où je devais m'absenter pour jouer.

À mes amis, en particulier Brenda Silva, Danilo Magalhães, Elton Aragão, Neoma Brito, Rebeca Aviz, Marília Rabelo et tous ceux qui, bien que non mentionnés, ont contribué à cette victoire, qui ont soutenu et encouragé la recherche, sans lesquels je n'aurais pas été en mesure d'atteindre tous les objectifs proposés.

À nos camarades de classe pour leur accompagnement et leur persévérance tout au long de notre processus de formation.

Aux résidents qui ont fourni des informations précieuses pour le développement de cette recherche.

Aux organes de gestion municipaux d'Igarapé-Açu, pour leur volonté de contribuer à la réalisation du travail, responsables de l'octroi du personnel qui a contribué à la recherche.

Au PIBICT, pour avoir accordé une bourse de recherche.

Au personnel enseignant du cours de technologie de l'assainissement de l'environnement pour leurs enseignements, pour nous avoir donné l'occasion de faire l'expérience d'un enseignement axé sur notre domaine, qui est maintenant réalisé à un niveau plus élevé. Merci pour votre patience et votre dévouement.

Au professeur Fabrizia Alvino.

En particulier, je voudrais remercier le professeur et conseiller Dr Márcia Valéria, qui était présente pendant la recherche, pour sa patience, ses expériences, sa force et, surtout, ses conseils fondamentaux tout au long de ce voyage.

Et à tous ceux qui ont contribué à cette grande réussite.

RÉSUMÉ

Ce travail vise à comprendre le fonctionnement systématique de l'assainissement dans le quartier de Colina, dans la municipalité de Para d'Igarapé-Açu. Il se compose d'un rapport technique accompagné d'une description de la zone d'étude, d'images, des méthodologies utilisées dans la recherche, de graphiques élaborés selon des principes quantitatifs qui donnent du crédit aux chiffres en pourcentages utilisés dans le développement selon les questionnaires auxquels ont répondu les habitants du quartier, et qualitatifs compris grâce à des entretiens avec des représentants des services de gestion du système d'assainissement de la municipalité d'Igarapé-Açu, qui dessert non seulement le quartier inclus dans la recherche, mais aussi l'ensemble de la municipalité ; et comprendre les résultats de l'assainissement liés à la santé des habitants, reflet des enjeux qui constituent la qualité du service d'assainissement fourni à la population du quartier en question. L'ouvrage est développé à partir des perspectives mises en évidence dans la recherche, positionné entre les questions de problématisation de ce qui a été diagnostiqué par les observations *sur le terrain au* début de la recherche. Son contenu porte sur la gestion de l'assainissement, en soulignant les éléments appartenant à la gestion et à la perception de l'environnement, qui consiste en l'action d'ajouter de la valeur à l'état actuel qui concentre les intrants pour la fourniture de ces services, en soulignant la description du traitement et de la distribution de l'eau potable, du traitement et de l'élimination des déchets solides, Ce dernier point est appréhendé au moyen d'informations analysées par le biais de questionnaires remplis par les habitants et d'entretiens avec le coordinateur de la planification sanitaire, qui a des liens avec les questions relatives à la fourniture de services de santé dans la municipalité et le quartier en question. Ainsi, l'approche et l'analyse des informations acquises au cours du processus de développement permettent d'ajouter à la recherche des propositions d'amélioration qui sont incluses dans le travail en fonction des expériences et des observations réalisées.

Mots clés : Perception. Quartier de Colina. Assainissement. Gestion. Population. Dépréciation.

RÉSUMÉ

CHAPITRE 1

INTRODUCTION

Selon l'Organisation mondiale de la santé (OMS), l'assainissement de base est la gestion ou le contrôle des facteurs physiques qui peuvent avoir des effets néfastes sur l'homme, nuisant à son bien-être physique, mental et social (FARIA, 2006).

Il est donc important de prêter attention aux risques environnementaux qui, en l'absence de services d'assainissement, requièrent une certaine attention en raison de l'ampleur des moyens associés à la forme de transmission, puisque "le risque est associé à la probabilité d'occurrence de processus naturels ou associés à des relations humaines. "(CASTRO ; PEIXOTO & RIO, 2005, p. 12).

La recherche se concentre sur la compréhension des alternatives attribuées aux structures physiques de l'assainissement, ainsi que sur les formes de médiation impliquées dans sa gestion. Sa nécessité est justifiée par la démographie progressive qui a ses propres particularités à différentes périodes de l'année, puisque l'État du Pará a des périodes où il y a des variations significatives de la pluviométrie. Ainsi, on peut dire que pendant les périodes de fortes pluies, le volume des précipitations augmente de manière significative par rapport à la période opposée, ce qui modifie considérablement la perception du fonctionnement des systèmes d'assainissement, entraînant différents impacts sur l'environnement et la santé publique.

La perception environnementale est comprise comme la recherche de la conscience de l'environnement par l'homme, c'est-à-dire l'acte de percevoir l'environnement dans lequel on est inséré, en apprenant à le protéger et à en prendre soin (FERNANDES et al., 2004, p. 1). Et selon Inês de Oliveira Noronha, citant Macedo (2000), elle souligne que :

> Grâce à la perception de l'environnement, vous pouvez attribuer des valeurs et une importance différentes à l'environnement. Vous pouvez ainsi réaliser et ressentir que la survie de l'homme sur la planète est étroitement liée à l'utilisation rationnelle des ressources naturelles et à l'existence d'autres formes de vie qui font partie de la biodiversité.

Un autre objectif de cette recherche est l'idée que chaque individu a sa propre conception des valeurs attribuées à la gestion des ressources offertes et de leur lien avec la santé publique, en se concentrant sur le système d'assainissement qui est médiatisé pour répondre à ses besoins. Il convient de souligner que pour avoir une bonne idée de la médiation du système utilisé pour l'assainissement, la recherche d'informations a été un objectif important, qui a été réalisé par le biais d'entretiens avec les directeurs et les secrétaires chargés de décider des services fournis, afin de connaître les informations légales et le processus utilisé pour fournir les services.

CHAPITRE 2

OBJECTIFS

2.1 Objectif général

L'objectif est d'évaluer avec perspicacité les éléments relatifs à la gestion et à la fourniture de services d'assainissement à la population vivant dans le quartier de Colina, situé dans la municipalité d'Igarapé-Açu, dans l'État du Pará.

Certaines situations ont été observées avec plus de pertinence pendant les périodes de précipitations intenses, qui correspondent à la période de l'hiver au Pará ou à l'hiver amazonien. Par conséquent, les circonstances observées et interprétées sont basées sur la perception d'un plus grand volume d'eau pendant cette période, qui comprend le dernier et le premier mois de l'année, rendant ainsi justice à la capacité des résidents d'interpréter selon leurs propres sens.

2.2 Objectifs spécifiques

Les objectifs proposés dans cette recherche coïncident :

J Représenter le domaine de recherche de manière descriptive ;

J Comprendre les conditions sanitaires actuelles (collecte et traitement des déchets solides, eaux usées, traitement et distribution de l'eau potable et drainage des eaux de pluie) dans la zone étudiée ;

J Cartographier la zone d'étude afin de définir les points de collecte des informations ;

J Analyser la perception des services fournis ;

J Identifier le niveau de perception environnementale des habitants du quartier et des responsables de l'assainissement ;

J Identifier les impacts éventuels : positifs et négatifs ;

J Élaborer une proposition possible pour améliorer les conditions d'assainissement de manière cohérente.

7

CHAPITRE 3

CONTEXTE

Actuellement, l'environnement réutilise des concepts qui doivent être abordés avec une influence extrême pour le développement social lui-même dans les propositions politiques, économiques et environnementales dans le contexte social, en gardant à l'esprit que le développement socio-économique a justifié un grand saut, apportant avec lui un grand surpoids à l'équilibre environnemental, ce qui rend nécessaire d'adopter une approche plus représentative, conceptuelle et conforme aux propositions mises en œuvre alternativement (MARCOS, 2012).

L'objectif est de comprendre si ces alternatives sont écologiquement viables en termes de structures physiques d'assainissement et de formes circonspectes de médiation dans sa gestion. Elles sont justifiées par la démographie progressive qui exige un projet capable de résoudre ses problèmes pendant les principales périodes climatiques de l'État du Pará, qui peuvent être divisées en deux périodes principales : l'été et l'hiver en Amazonie. Les précipitations dans l'État du Pará sont très variables, la période la plus humide étant de 755,9 mm en mars dans la municipalité d'Afuá (mésorégion de Marajó), tandis que la période la moins pluvieuse a été de 0,0 mm en juillet dans la municipalité d'Eldorado do Carajás (sud du Pará) (GUIMARÃES & FONTINHAS, 2016).

Ainsi, on peut dire que pendant les périodes de fortes pluies, le volume des précipitations est beaucoup plus important que pendant la période opposée, ce qui peut modifier considérablement la perception du fonctionnement des systèmes d'assainissement et avoir différents impacts sur l'environnement et la santé publique.

Nous souhaitons obtenir un avis sur la méthode de gestion employée, sur le respect de l'équilibre environnemental à différentes périodes de l'année et sur la contribution significative à la qualité de vie de la société.

La recherche se concentre sur la municipalité d'Igarapé-Açu qui, selon l'historique de l'Institut brésilien de géographie et de statistique (IBGE), a été élevée au rang de municipalité et de district sous le nom d'Igarapé-Açu, par la loi d'État n° 985 du 26-10-

1906, créée à partir du territoire de la municipalité disparue de Santarém Novo. La municipalité d'Igarapé-Açu, située dans la mésorégion nord-est du Pará, à 110 kilomètres de la capitale de l'État (Belém), a une superficie de 785 976 kilomètres et une population de 37 547 habitants, selon les estimations de l'IBGE pour 2016. Cependant, la recherche se concentre sur un quartier de cette municipalité appelé Colina, dont la population est estimée à 3 405 habitants, soit environ 9 % de la population totale de la municipalité, selon le département municipal de la santé d'Igarapé-Açu, qui a fourni les données dans un tableau du programme PROGRAB (Primary Care Management by Results), où le nombre total de résidents et le groupe d'âge peuvent être identifiés.

Le quartier de Colina ne dispose initialement d'aucune information sur le traitement des eaux usées et, selon les résidents, il est connu qu'il n'y a pas de station d'épuration dans ce quartier ou même dans la municipalité, une information qui ajoute de l'incertitude sur la destination de ces déchets après de longues périodes de concentration dans des fosses septiques sans entretien, car selon CESAN (Companhia Espírito Santense de Saneamento), dans un matériel disponible sur le traitement des eaux usées (révisé en 2013) :

> Lorsque la propriété ne dispose pas d'un système de collecte des eaux usées, il est courant que les gens utilisent des fosses septiques ou se connectent directement au système d'eau de pluie (qui ne recueille que l'eau de pluie) ou rejettent les eaux usées directement dans les fossés, les ruisseaux, les rivières et les plages, mais cette action contribue à aggraver et à contaminer l'environnement et la santé " (CESAN, 2013, p. 4).

Le quartier compte également un plan d'eau présentant des signes d'eutrophisation, une cause qui pourrait être liée à la forte concentration de nutriments déversés sans traitement. Les visites précédentes ont révélé qu'il n'existe pas d'endroit approprié pour l'élimination des déchets solides, utilisant une zone qui a été déversée pendant des années et qui l'est encore dans cette "décharge" à ciel ouvert, sans aucune intervention pour garantir la protection de l'environnement et la santé de la population vivant dans et à proximité du quartier.

La distribution de l'eau potable fait également l'objet de la recherche, étant donné qu'il existe un réservoir de 20 000 litres desservant exclusivement les résidents de ce quartier, situé au point le plus élevé de la zone, et que l'on sait qu'il n'existe pas de station de traitement des eaux (STEP) responsable du traitement adéquat avant la distribution. Pour ces raisons, la question s'est posée de savoir si les services d'assainissement de base dans le quartier de Colina sont perçus comme efficaces, protégeant la santé de la population et l'environnement ainsi que le développement progressif de la ville et de sa structure socio-économique.

Le travail est donc d'une grande importance non seulement pour la municipalité, mais aussi pour l'État en termes d'information sur l'environnement et la santé publique, cette dernière selon la loi 11.445/07 et selon CREA-PR : "La santé publique est comprise comme la science et l'art de promouvoir, protéger et récupérer la santé, à travers des mesures collectives et la motivation de la population" (LIMA ; LIMA et OKANO, ?. p. 10).

L'objectif de ce travail est de déterminer de manière critique la qualité des services offerts et, si des impacts sur la santé de la population et l'environnement sont diagnostiqués, d'essayer de les déduire afin d'établir de meilleures alternatives qui répondent à leurs besoins, en structurant des options plus performantes pour améliorer la vie de la population locale.

CHAPITRE 4

ANALYSE DOCUMENTAIRE

4.1 Concepts et définitions

Selon Júlia Ribeiro et Juliana Rooke (2010, p. 1), en référence à l'Organisation mondiale de la santé (OMS), l'assainissement est le contrôle de tous les facteurs de l'environnement physique qui ont ou peuvent avoir des effets néfastes sur le bien-être physique, mental et social de la société, et pas seulement l'absence de maladie. On peut donc dire que l'assainissement est l'ensemble des services, des infrastructures et des équipements opérationnels indispensables à un bon développement social, qui fournissent des subventions pour la protection de la santé publique en fonction de la qualité du service fourni.

On peut donc dire que l'acte d'assainissement, dans une vision plus environnementaliste, est la base de structures capables de bénéficier à la santé de la société et de l'environnement de manière équilibrée, et que son but est de créer des actions qui favorisent la performance progressive entre les processus urbains sans défavoriser les conditions environnementales, biologiques, physiques et chimiques. Selon Lima, R. S., Lima, R. C. et Okano, M. N. H. citant l'OPS (2007, p. 10) :

> L'assainissement de base est l'ensemble des actions menées au sein de l'écosystème humain pour améliorer les services d'approvisionnement en eau, la collecte des eaux usées, la gestion des déchets solides, l'hygiène domestique et l'utilisation industrielle de l'eau, dans un contexte politique, juridique et institutionnel auquel participent divers acteurs nationaux, régionaux et locaux.

Par conséquent, lorsqu'il s'agit de la santé de la population, l'assainissement peut être considéré comme un ensemble d'infrastructures systématisées essentielles à la protection de la santé publique et de l'environnement.

Ces systèmes de service ont l'obligation de se conformer à une série de lignes directrices établies et comprises par le biais de lois qui fournissent un soutien avec des normes de procédure et des paramètres de rejet autorisés pour le milieu d'élimination.

Ainsi, en soulignant que selon la loi 11.445/07, qui traite des principes fondamentaux de l'assainissement et établit les lignes directrices nationales pour l'assainissement de base et pour la politique fédérale d'assainissement de base qui la soutient, dans son chapitre VII des aspects techniques, dans son art. 43, il est stipulé que

> La prestation de services répondra à des exigences minimales de qualité, y compris la régularité, la continuité et celles relatives aux produits offerts, au service à l'utilisateur et aux conditions de fonctionnement et d'entretien des systèmes, conformément aux normes réglementaires et contractuelles.

Ceci est également conforme à la loi 11.445/07, qui s'applique aux propositions de recherche en question :

> L'Union, en établissant sa politique de base en matière d'hygiène, observe les lignes directrices suivantes :
> I - Donner la priorité aux actions qui favorisent l'équité sociale et territoriale dans l'accès à l'assainissement de base ;
> II - L'application des ressources financières qu'il gère de manière à promouvoir le développement durable, l'efficience et l'efficacité ;
> III - Encourager la mise en place d'une réglementation adéquate des services ;
> IV - Utilisation d'indicateurs épidémiologiques et de développement social dans la planification, la mise en œuvre et l'évaluation de ses actions d'assainissement de base ;
> V - Amélioration de la qualité de vie et des conditions environnementales et de santé publique ;
> VI - Collaboration pour le développement urbain et régional (BRASIL, 2007).

De même, toujours avec l'effet de la loi 11.445/07 dans son point I de l'art. 3° qui définit l'assainissement de base comme suit

> Ensemble de services, d'infrastructures et de moyens opérationnels :
> a) Approvisionnement en eau potable : activités, infrastructures et installations nécessaires à l'approvisionnement public en eau potable, depuis le captage jusqu'aux raccordements des bâtiments, ainsi que les instruments de mesure correspondants ;
> b) Assainissement : activités, infrastructures et installations opérationnelles permettant la collecte, le transport, le traitement et l'élimination finale des eaux usées sanitaires, depuis les raccordements des bâtiments jusqu'à leur rejet final dans l'environnement ;
> c) Nettoyage urbain et gestion des déchets solides : ensemble d'activités,

d'infrastructures et d'installations opérationnelles pour la collecte, le transport, le transbordement, le traitement et l'élimination finale des déchets ménagers et des déchets provenant du balayage et du nettoyage des lieux publics et des rues ;

d) Drainage et gestion des eaux pluviales, nettoyage et inspection préventive des réseaux urbains respectifs : ensemble d'activités, d'infrastructures et d'installations opérationnelles pour le drainage des eaux pluviales urbaines, le transport, la détention ou la rétention pour amortir les flux de crue, le traitement et l'élimination finale des eaux pluviales drainées dans les zones urbaines (édité par la loi n° 13.308 de 2016). (BRÉSIL, 2007).

4.2 Histoire de l'assainissement

L'histoire de l'assainissement remonte aux premières civilisations qui ont utilisé la pensée scientifique rationnelle basée sur les sciences exactes et ont établi des références pour la conservation de la santé publique et de l'hygiène sanitaire (SANETRAN, 2016). On sait que, dès la Grèce antique, il existait déjà des traces d'hygiène sanitaire, puisqu'ils avaient l'habitude d'enterrer leurs excréments et qu'à Rome, les rues dotées de canalisations servaient de fontaines publiques, et pour éviter les maladies, ils séparaient les eaux usées (eaux d'utilisation) de l'approvisionnement en eau de la population (BARROS, 2016). On sait également qu'au Brésil :

Certains affirment que l'assainissement a commencé à l'époque coloniale, avec l'émergence des villes brésiliennes. Cependant, il semblerait que bien avant cela, les communautés indigènes se préoccupaient déjà de l'approvisionnement en eau et de l'élimination des déchets. L'histoire raconte que les Indiens stockaient l'eau douce destinée à la consommation dans des pots d'argile et de grands seaux en pierre. En outre, les villages disposaient d'espaces spécifiques réservés aux besoins physiologiques. Ces informations suggèrent que nos Indiens avaient déjà une certaine connaissance des dangers d'un mauvais assainissement (RIBEIRO, 2013).

On sait que le besoin d'assainissement est inévitablement lié à la santé, et au Brésil, ce besoin a fait défaut face à des épidémies mortelles comme celle qui s'est produite à Rio de Janeiro entre 1830 et 1851. Selon Luiza Ribeiro (2013), beaucoup de ces épidémies ont été causées par des maladies d'origine hydrique, ce qui montre que l'assainissement au Brésil a été fragile pendant de nombreuses années. L'histoire de l'assainissement dans notre pays a été la plus intense entre l'administration présidentielle de Juscelino Kubitscheck et la période de la dictature militaire. C'est à cette époque qu'ont été créées les entreprises d'économie mixte de services d'assainissement. Le gouvernement a contracté des prêts auprès de la Banque interaméricaine de développement (BID) dans le but d'améliorer les taux d'assainissement dans le pays.

4.3 Santé, risques et environnement

On peut donc dire que l'assainissement est indispensable avant tout pour la santé publique et la protection de l'environnement, car l'assainissement de base comporte quatre aspects essentiels pour l'infrastructure de l'hygiène (état de santé), qui fournissent le soutien nécessaire pour prévenir l'émergence d'endémies et d'épidémies liées au déclin du bien-être public et de l'environnement (GUIMARÃES ; CARVALHO ; e SILVA, 2007).

Il est donc important de prêter attention aux risques environnementaux qui, en l'absence de services d'assainissement, requièrent une certaine prudence en raison de l'ampleur des moyens associés à la forme de transmission et de contact, puisque "le risque est associé à la probabilité d'occurrence de processus naturels ou associés à des relations humaines. "(CASTRO ; PEIXOTO ; et RIO, 2005, p. 12).

Selon Lucy R. Ayach et al. (2012, p. 48), "les discussions sur les types de risques se sont multipliées ces derniers temps, en raison même de la nécessité pour la science de rechercher des alternatives qui conduiront à des mesures préventives, afin de minimiser les nombreux effets négatifs sur la société". Dans cette optique, on peut dire qu'il peut y avoir des risques environnementaux si la médiation des attributs utilisés pour protéger la santé publique, à travers le système d'assainissement chargé de répondre aux besoins de la population, n'est pas réussie. Il convient de souligner que la qualité des services est directement et indirectement liée à la santé publique et à la santé environnementale, puisqu'elles sont interconnectées par la médiation du système d'assainissement.

Selon la Fondation nationale de la santé (FUNASA, 2011), les risques pour la santé publique sont liés à des facteurs possibles et indésirables qui se produisent dans les zones urbaines et rurales et qui peuvent être minimisés ou éliminés grâce à

14

l'utilisation appropriée des services d'assainissement.

CHAPITRE 5

MATÉRIAUX ET MÉTHODES

Les outils utilisés pour discuter du contenu qui sera abordé dans cette recherche sont présentés et soutenus par les approches qui soutiennent les idées organisées dans le développement du travail, en reconnaissant et en discutant les principaux objectifs qui concernent le système d'assainissement dans le quartier de Colina.

5.1 Limites de la municipalité / Représentation descriptive de la zone de recherche.

Vous trouverez ci-dessous des cartes de la municipalité d'Igarapé-Açu et du quartier de Colina, ainsi qu'une carte de l'État du Pará, une représentation descriptive de la zone de recherche et de ses aspects physiques, dans le but d'élargir notre compréhension de la localisation du quartier.

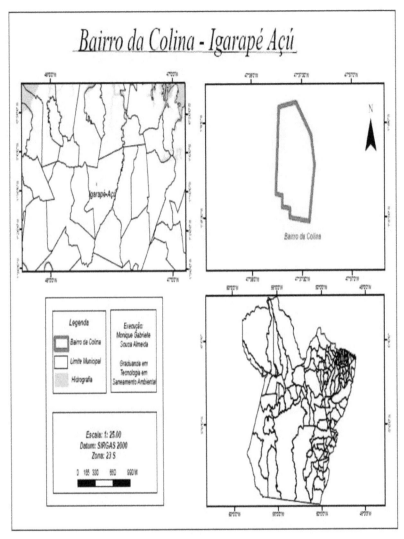

Figure 1 - Carte du quartier de Colina montrant l'État du Pará
Échelle 1 : 25 000 Datum SIRGAS 2000 Zone 23 S.

Source : Auteur, 2017.

Vous trouverez ci-dessous une carte décrivant la municipalité, située au nord-est de l'État, le point rouge faisant référence au quartier de Colina.

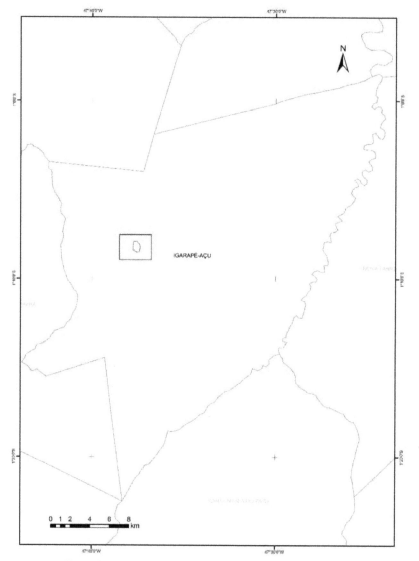

Figure 2 - Carte polygonale de la municipalité d'Igarapé-Açu/PA
Source : Auteur, 2017.

La carte ci-dessous montre les points délimités à l'aide des coordonnées cartographiques obtenues à partir de Google Maps du quartier.

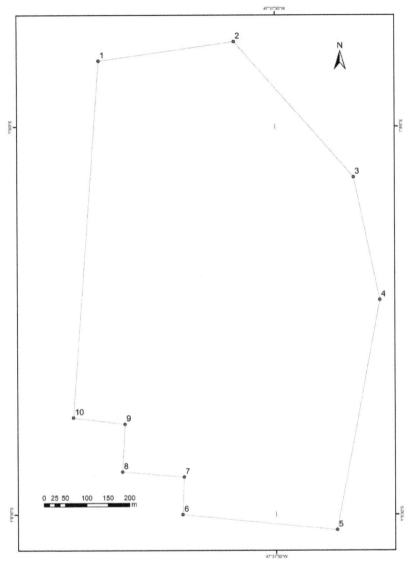

Figure 3 - Carte polygonale du quartier de Colina - Municipalité d'Igarapé-Açú/PA.
Source : Auteur, 2017.

5.2 Collecte de données par le biais d'enquêtes sur *le terrain* / Description de la zone d'étude

La recherche se concentre sur la municipalité d'Igarapé-Açu qui, selon l'IBGE (2013), a été élevée au rang de municipalité et de district sous le nom d'Igarapé-Açú en 1906, créée à partir du territoire de la municipalité disparue de Santarém Novo. La municipalité d'Igarapé-Açu, située dans la mésorégion nord-est du Pará, à 110 km de la capitale de l'État (Belém), a une superficie de 785 976 km et une population de 37 547 habitants, selon les estimations de l'IBGE pour 2016.

Cependant, la recherche se concentre sur l'un des quartiers de cette municipalité, Colina, dont la population est estimée à 3 405 habitants, selon le département municipal de la santé d'Igarapé-Açu, qui a mis les données à disposition par le biais d'un tableau de programmation de gestion par résultat de soins primaires (PROGRAB), où le nombre total de résidents peut être identifié, ainsi que par groupe d'âge. Des informations sur les principales ressources mises en œuvre dans le système d'assainissement du quartier de Colina ont été recherchées, et ces informations seront disponibles dans les résultats obtenus à partir de la recherche dans le cadre de ce travail.

5.3 Cartographie de la zone d'étude

Voici une représentation de la carte du quartier de Colina, surlignée en rouge, nécessaire pour définir les points où les informations ont été collectées et pour caractériser la zone de recherche.

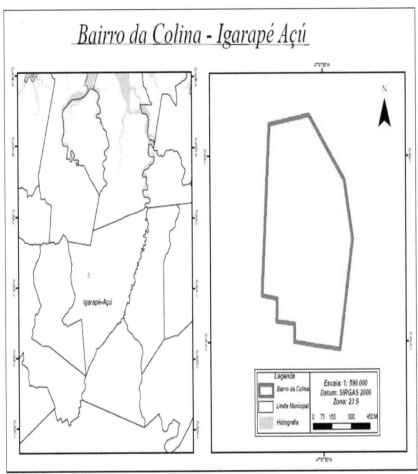

Figure 4 - Carte montrant les limites de la municipalité et du quartier de Colina
A l'échelle 1:590 000, Datum SIRGAS 2000 / Zone 23 S.

Source : Auteur, 2017.

5.4 Collecte de données / Caractérisation qualitative

Sur la base des visites effectuées dans la zone du quartier de Colina, qui fait l'objet de la recherche, il a été possible de déterminer les points critiques qui servent de base à l'étude.

structure physique du système d'assainissement mis en place pour répondre aux besoins

21

des résidents.

Il s'agit d'observations qui ont étayé les questionnaires, qui se trouvent dans les annexes de ce travail, et les entretiens qui ont servi de base à cet avis : un réservoir appartenant au Service autonome des eaux et de l'assainissement (SAAE) ; l'absence de pavage dans certaines rues du quartier ; la présence d'un plan d'eau présentant des signes d'eutrophisation, celui-là même qui se jette dans le cours d'eau principal de la municipalité ; l'absence de ponceaux, démontrant l'absence de collecte des eaux de pluie en vue de leur traitement ; la présence de déchets solides dans et autour de la rivière et l'absence d'un réseau de collecte des eaux usées sanitaires.

Les observations faites au cours de la période initiale du projet ont également été importantes dans la recherche de fondements qui serviraient de base aux questions à poser aux responsables des secrétariats qui régissent les domaines d'intérêt de l'assainissement dans la région.

5.5 Traitement des données

Sur la base des enquêtes de données *sur le terrain* menées tout au long de la recherche pendant les différentes périodes de collecte d'informations, afin de caractériser les structures physiques responsables de la distribution de l'eau, de la collecte des eaux usées sanitaires, du drainage urbain et de l'élimination des déchets solides dans le quartier de Colina, des visites techniques ont été effectuées pour observer les principales ressources en place afin d'étayer les questions des entretiens avec les autorités responsables de la gestion de ces services.

5.6 Entretiens avec les responsables de la gestion du système d'assainissement

Sur la base de la collecte d'informations et de données *in loco*, il a été déterminé, pour un meilleur développement de la recherche, la nécessité d'approfondir la compréhension à travers les moyens responsables de l'administration de ces services d'assainissement imprégnés par la population locale afin de rechercher des connaissances sur la gestion. Cela a nécessité des visites aux secrétariats municipaux et au service autonome d'eau et d'assainissement en décembre 2016, janvier et avril 2017, pour connaître la perception des gestionnaires qui collaborent avec le système d'assainissement, afin de les inviter à aider la recherche par le biais d'entretiens préparés à l'avance sur les informations déjà acquises par le traitement des données obtenues dans le quartier.

Ainsi, des lettres de demande signées par le coordinateur du cours ont été remises dans le but de sensibiliser les gestionnaires à l'importance de leur collaboration dans le cadre de cette dernière année de travail, afin de convenir de dates et d'heures adaptées à leur disponibilité pour obtenir un soutien technique et des informations officielles sur les ressources qui servent de médiateur aux services.

5.7 Entretiens avec les habitants du quartier

Les entretiens sur la perception des habitants du quartier de Colina, réalisés en mars et avril de cette année, ont été d'une importance capitale pour le développement de la recherche ; pour sa préparation, des visites *sur le terrain* ont été nécessaires afin de caractériser les principaux aspects du travail et d'orienter les objectifs en fonction des besoins apparus au cours des visites.

Ainsi, afin de caractériser le nombre d'habitants nécessaire pour garantir la confiance lors de l'enregistrement du produit à analyser, il a été nécessaire de réaliser un calcul d'échantillon de la population totale du quartier sale, dont le résultat a été de 251 foyers, sur la base de l'équation suivante (SIQUEIRA, 2009) :

Calcul de l'échantillon Équation utilisée dans la recherche.

$$n = \frac{N \cdot Z^2 \cdot p \cdot (1 - p)}{(N - 1) \cdot e^2 + Z^2 \cdot p \cdot (1 - p)}$$

Où ?

n - Échantillon calculé ;

N - Population ;

Z - Variable normale standardisée associée au niveau de confiance ;

p - Probabilité réelle de l'événement ; e - Erreur d'échantillonnage.

CHAPITRE 6

RÉSULTATS DE LA RECHERCHE

L'objectif de ce thème est de passer en revue les informations acquises et interprétées dans le cadre de la recherche, qui porte sur la perception de la gestion du système d'assainissement par les autorités publiques dans le quartier de Colina et dans l'ensemble de la municipalité, ainsi que sur la perception quantitative des habitants.

6.1. Caractéristiques du logement dans le quartier de Colina

Le graphique ci-dessous montre la caractérisation du nombre de résidents par ménage ou résidence.

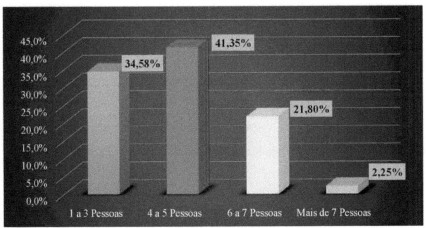

Graphique 1 - Caractérisation du nombre de résidents par ménage
Source : Auteur, 2017.

Comme on peut le constater, la prédominance des résidents par ménage est le plus souvent de 4 ou 5 personnes, et on pense qu'avec les données, l'effet de l'enquête finit par atteindre une proportion plus élevée. On peut également dire que la contribution des résidents responsables des foyers est supportée par les autres résidents des mêmes foyers, de sorte que le nombre d'habitants dans l'enquête est sensiblement plus élevé que prévu.

Le graphique ci-dessous montre le nombre d'enfants des foyers qui ont participé aux questionnaires réalisés dans le quartier.

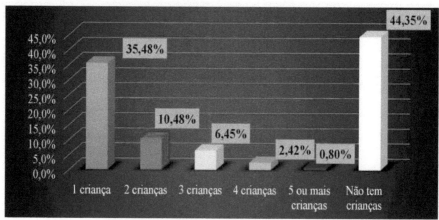

Graphique 2 - Nombre d'enfants dans les résidences
Source : Auteur, 2017.

Le nombre d'enfants présents dans les foyers où les questionnaires ont été administrés s'élève à 55,63%, ce qui signifie que plus de la moitié des foyers interrogés ont des enfants. Ce résultat est l'une des données à prendre en compte dans l'entretien, car les enfants sont plus sensibles aux virus et aux bactéries qui peuvent être présents dans l'eau destinée à la consommation humaine ou aux micro-organismes exposés dans l'environnement par les animaux domestiques. Selon Motta et Silva (2002, p. 118), "la diarrhée aiguë reste l'une des causes les plus importantes de morbidité et de mortalité infantiles dans de nombreux pays". C'est pourquoi il était nécessaire que la recherche inclue le nombre d'enfants, car l'assainissement a un impact direct sur l'indice de santé, qui peut également être trouvé dans cette étude.

Le graphique ci-dessous montre le nombre d'enfants âgés de moins de cinq ans ou de moins de cinq ans.

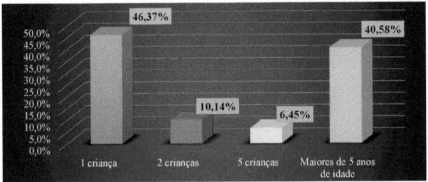

Graphique 3 - Nombre d'enfants âgés de moins ou de moins de 05 ans
Source : Auteur, 2017

Les chiffres distribués dans le graphique 3 sont concentrés sur le nombre d'enfants dans les ménages interrogés, de sorte que les chiffres dans les barres s'inscrivent dans les 55,65 % du graphique 2.

La nécessité de rechercher le nombre d'enfants de moins de cinq ans est directement liée aux facteurs de danger environnementaux lorsqu'ils sont exposés à des conditions d'hygiène et de santé défavorables. Selon le site internet du G1 (2017) :

> Les facteurs de risque environnementaux - tels que les conditions atmosphériques, l'eau contaminée, le manque d'assainissement et d'hygiène - sont responsables du décès de 1,7 million d'enfants de moins de cinq ans chaque année. Les documents ont été élaborés par l'Organisation mondiale de la santé (OMS).

Il est donc évident qu'il est important d'obtenir ces données dans le cadre de cette recherche pour comprendre l'impact sur la santé des habitants qui utilisent le système d'assainissement utilisé dans le quartier de Colina.

Le graphique ci-dessous montre le pourcentage du nombre de pièces caractéristiques des logements interrogés.

27

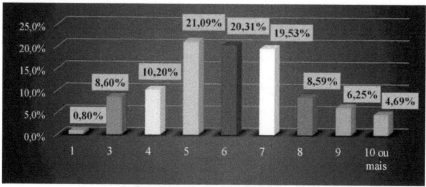

Graphique 4 - Nombre de pièces
Source : Auteur, 2017

Le graphique 4 indique le nombre de pièces, ce qui montre que les maisons sont relativement grandes, mais les données sont conformes à la fréquence du nombre prédominant de résidents par maison, information disponible dans le graphique 1.

Le graphique ci-dessous montre le pourcentage de certains substrats présents dans les habitations.

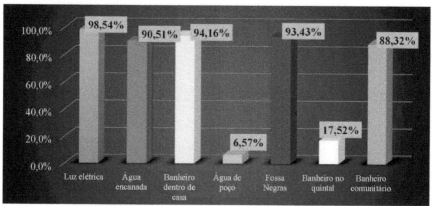

Graphique 5- Substrats disponibles dans les ménages interrogés
Source : Auteur, 2017.

La plupart des maisons sont dotées des substrats nécessaires pour stabiliser le bien-être des habitants. Celpa est l'agence responsable de la distribution de l'électricité et dessert presque tous les foyers du quartier, le service autonome de la municipalité reste le principal moyen d'approvisionnement en eau, le nombre de toilettes à l'intérieur de la maison, même si leurs structures doivent être dirigées vers des fosses d'aisance, qui est le principal moyen de traitement des déchets, ne correspond pas exactement au nombre de fosses d'aisance. Certaines toilettes situées dans les arrière-cours ne sont pas nécessairement sèches, de sorte qu'elles rendent justice à la structure physique et aux autres structures de maçonnerie situées dans cette zone.

Les chiffres estimés pour l'utilisation de l'eau de puits sont basés sur les ménages qui sont également connectés au réseau de distribution d'eau, c'est-à-dire qu'ils passent de l'eau du réseau à l'eau de puits lorsque l'eau n'est pas dans des conditions favorables à la consommation ou n'est pas disponible à certains moments de la journée. Les salles de bain communes sont courantes dans la plupart des maisons des personnes interrogées, à l'exception des maisons avec plus de pièces où les salles de bain privées (suites) sont plus courantes.

Le graphique ci-dessous indique le pourcentage de ménages disposant de l'eau courante.

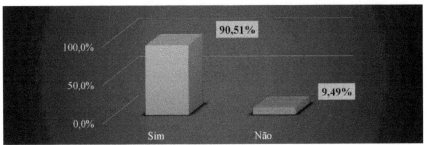

Graphique 6 - Ménages disposant de l'eau courante
Source : Auteur, 2017.

La plupart des foyers interrogés dans le cadre de l'enquête disposent de l'eau courante, comme le montre le graphique 6, à l'exception des foyers dont la structure physique est médiocre et qui utilisent l'eau de puits où il n'y a pas de pompes pour aspirer et distribuer l'eau, c'est-à-dire que l'eau est prélevée mécaniquement, et des foyers situés près du cours d'eau Angulação, qui borde une partie de la zone de voisinage.

Outre le grand nombre d'habitants du quartier de Colina, il existe actuellement une zone correspondant à un lotissement récent appelé Antônio Paiva, qui ne compte pour l'instant que quelques habitations. On pense que ce lotissement comptera un grand nombre d'habitants dans quelque temps. On sait également que ce lotissement n'est pas encore raccordé au réseau de distribution d'eau du Service autonome des eaux et de l'assainissement (SAAE) et que ces quelques habitations sont alimentées par des puits artésiens.

Image 1 - Lotissement Antônio Paiva.
Source : Auteur, 2016.

6.2 Caractéristiques de l'approvisionnement en eau

Le réseau de distribution d'eau, comme on a pu le constater lors des visites, est fourni par la SAAE, où le directeur de cette autorité locale a accordé un entretien afin de lever les doutes et d'élucider les informations nécessaires à la recherche. Cet entretien a été réalisé en décembre 2016, après un processus qui comprenait la remise d'une lettre pour l'effectuer en cohérence avec la disponibilité du directeur. Les informations acquises lors de l'entretien ont été importantes pour la rédaction de l'avis technique suivant, et les conversations et visites *sur place* ont également servi de base à la réalisation du travail.

Selon le directeur, la SAAE fournit des services à la municipalité d'Igarapé-Açu depuis le 6 décembre 1954, par le biais de la loi municipale qui a créé l'autorité. Les services fournis par cet organisme ne couvrent que la collecte, le traitement et la distribution de l'eau, de sorte qu'il ne répond pas aux propositions des services dans leur ensemble, puisqu'il ne s'occupe pas de la collecte et du traitement des eaux usées domestiques. Le quartier de Colina dispose de son propre réservoir de distribution, d'une capacité de 20 000 litres d'eau, situé à côté de l'école José Elias Emin, mais il diffère du site de captage, qui se trouve à environ 200 mètres du réservoir et sur une pente importante du terrain.L'eau est traitée par chloration, des doseurs de chlore et de polyphosphate étant installés à la sortie du puits avant qu'elle ne se déverse dans le réservoir.Voici une image photographique du réservoir d'eau du quartier de Colina.

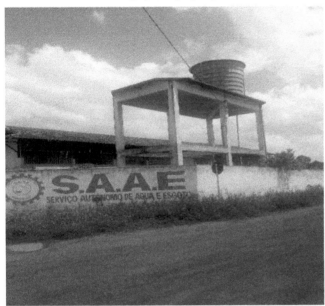

Image 2 - Réservoir de la SAAE d'une capacité de 20 000 litres d'eau.
Source : Auteur, 2016.

Voici une représentation photographique du site de collecte et de pompage de l'eau du service autonome.

Image 3- Site de pompage d'eau de la SAAE.
Source : Auteur, 2016.

Selon le directeur, lors de la création du SAAE, une convention a été formalisée avec le Service Spécial de Santé (SESPS), qui donnait au service une autonomie de gestion technique, d'élaboration de projets et de mise à disposition de ressources, Ainsi, le SAAE était subventionné par le ministère de la santé à travers ces projets élaborés par le SESPS (anciennement Funasa) et les investissements provenaient de ces projets, de sorte que l'argent collecté par le SAAE servait à payer le personnel, les charges et de petites quantités de matériel, soulignant que l'argent collecté était basé sur une feuille de calcul des coûts avec les recettes et les dépenses sans intention de faire des bénéfices, mais dans le but de répondre aux besoins du SAAE, de payer son personnel, les charges, l'électricité, etc., Cependant, le SAAE se maintient actuellement grâce à la collecte des tarifs de consommation d'eau auprès des utilisateurs eux-mêmes, sans aucun accord avec d'autres sphères, étatiques ou fédérales.

Le directeur commente également qu'il y a quelque temps, un "géoréférencement" a été effectué par la Funasa (Fondation nationale de la santé) et un consultant de projet était présent qui a déclaré que la municipalité est enregistrée à Brasilia dans un projet appelé Programme d'accélération de la croissance (PAC) qui, selon la Funasa, "par l'intermédiaire de la Surintendance de l'État de Pará (SUEST/PA), a livré le programme Eau à l'école à deux unités d'éducation de base dans la municipalité d'Igarapé Açu le 25 octobre 2013", et aussi que "le partenariat signé entre la Fondation et la ville a eu lieu par le biais des accords TC/PAC 170/2010 et 171/2010, qui couvraient les écoles Travessa do Cumarú et Elias Moreira Nascimento, dans la communauté de Pajurá." (MINISTÈRE DE LA SANTÉ, 2013). Il dispose ainsi d'informations selon lesquelles ce projet est une ressource administrée par la municipalité qui présente un avantage pour l'objectif proposé et il est probable que le SAAE ait également accès à cette ressource par le biais d'autres projets délivrés à la municipalité, mais jusqu'à ce moment, il attend une réponse.

L'image 4 ci-dessous montre une feuille de calcul détaillée de l'accord par État/municipalité dans une situation conforme pour le projet décrit comme TC/PAC 0169/11 pour l'accord sur le système d'assainissement sanitaire (MSD).

Dados de: **5/12/2016**
Município: **IGARAPE-ACU**
Estado:
Órgão Superior: **Todos**

Número	Situação	Nº Original	Objeto do Convênio	Órgão Superior (Descrição Código)	Concedente (Descrição Código)	Convenente (Descrição Código)	Valor Convênio	Valor Liberado	Publicação	Início Vigência	Fim da Vigência	Valor Contrapartida	Data Última Liberação	Valor Última Liberação
821612	Em Execução	10336/2016	Aquisicao de Equipamentos Permanentes	MINISTERIO DO ESPORTE - 51000	CEF-MINISTERIO DO ESPORTE	IGARAPE ACU PREFEITURA	97.567,00	0,00	8/11/2016	27/10/2016	30/4/2018	3.600,00		0,00
818346	Em Execução	77348/2013	Implantacao de 03 (tres) nucleos do Programa Esporte e Lazer da Cidade - Nucleo Urbano do municipio de Igarape-Acu/PA	MINISTERIO DO ESPORTE - 51000	SUBSECRET.DE PLANEJ. ORCAM. E ADMINISTRACAO	IGARAPE ACU PREFEITURA	398.263,00	334.050,00	26/1/2016	31/12/2015	31/12/2017	12.800,00	7/11/2016	334.050,00
802765	Em Execução	00285/2014	Execuco de Sistema de Abastecimento de Agua no municipio de Igarape-acu/PA	MINISTERIO DA SAUDE - 36000	MS-FUNDACAO NACIONAL DE SAUDE/DF	IGARAPE ACU PREFEITURA	230.000,00	0,00	19/1/2015	31/12/2014	31/12/2016	18.000,00		0,00
752297	Prestação de Contas Aprovada com Ressalvas	00008/2010	Este projeto diz respeito a construcao da Feira do Pequeno Agricultor no municipio de Igarapa-Aca/Para, destinado a agricultura familiar localizada na Av. Barao do rio branco entre rua da Palha e a Rua do Invasao ao lado predio do CEASA. Cujo objeto e CONSTRUCAO DA FEIRA COBERTA DO PEQUENO PRODUTOR RURAL.	MINISTERIO DA INTEGRACAO NACIONAL - 53000	SUPERINTEND. DO DESENVOLVIMENTO DA AMAZONIA	IGARAPE ACU PREFEITURA	332.790,02	332.790,02	23/12/2010	14/2/2011	20/10/2012	6.791,63	2/12/2011	332.790,02
726827	Cancelado	09330/2009	Ampliacao da Unidade de Urgencia e Emergencia do Hospital Municipal Dr. Bernaos da Silva	MINISTERIO DA SAUDE - 36000	CEF-PROGRAMAS DO MINISTERIO DA SAUDE	IGARAPE ACU PREFEITURA	196.000,00	0,00	28/1/2010	31/12/2009	31/12/2010	4.000,00		0,00
678033	Adimplente	TC/PAC 0169/11	SISTEMA DE ESGOTAMENTO SANITARIO - PISO	MINISTERIO DA SAUDE - 36000	FUNDACAO NACIONAL DE SAUDE - DF	MUNICIPIO DE IGARAPE-ACU	2,00	0,00	4/1/2012	30/11/2011	30/12/2013	0,00	21/12/2012	247.334,92
659071	Adimplente	700429/2011	O OBJETO DESTE CONVENIO E AQUISICAO DE MOBILIARIO E EQUIPAMENTOS PADRONIZADOS PARA EQUIPAR AS ESCOLAS DE EDUCACAO INFANTIL DO PROGRAMA NACIONAL DE REESTRUTURACAO E	MINISTERIO DA EDUCACAO	FUNDO NACIONAL DE	MUNICIPIO DE	101.738,57	101.738,57	27/12/2011	26/12/2011	24/12/2013	1.027,61	17/1/2012	51.153,10

Image 4 - Feuille de calcul détaillée des accords par État/municipalité

Source : Gouvernement fédéral, 2016.

Le directeur indique que le SAAE était auparavant lié à la FUNASA et recevait des investissements en matériaux pour les travaux et l'entretien, et non en capital. En 2000, cet accord a été annulé, ce qui a conduit à la création du projet Alvorada, et la gestion des fonds est donc devenue la responsabilité de la municipalité. Les fonds ont été bloqués car, selon le directeur, les investissements n'ont pas été réalisés conformément aux projets.

L'eau proposée par le service SAAE est soumise à des analyses de laboratoire réalisées par le service de surveillance sanitaire et de santé de la municipalité, mais l'évaluation a lieu à Belém, au laboratoire central de l'État, et le rapport d'analyse est ensuite mis à la disposition du SAAE. Le directeur précise également que lorsqu'une altération défavorable des paramètres est constatée, on examine ce qui peut être fait pour y remédier ; Il ajoute que la teneur en fer est l'un des éléments qui, de temps à autre, présente des niveaux élevés et que le puits de captage du quartier de Colina présente également une incidence de fer, mais que celle-ci est tolérable pour la distribution. Daniela Alves Oliveira (2004, p. 3) explique la raison de la présence de fer dans les eaux souterraines :

> Une réaction caractéristique des eaux souterraines, qui par définition ne sont pas très aérées puisqu'elles passent de longues périodes sans contact avec l'air, se produit lorsqu'elles atteignent la surface, l'$_{o_2}$ (oxygène) a une chance de s'y dissoudre et son niveau assez élevé de Fe soluble est converti en Fe insoluble, formant un dépôt brun-orange de Fe(OH)₃.

La réaction globale est alors décrite comme suit :

$$4Fe^+ + O_2 + 2H_2O + 8OH- \rightarrow 4\ Fe(OH)_3(s)$$

Le directeur a conclu son commentaire sur l'aspect "rougeâtre" de l'eau qui sort des robinets des maisons en disant que, comme le réseau est ouvert de 5h à 22h, il se remplit d'O et il y a alors l'inconvénient de la réaction chimique mentionnée ci-dessus lorsque l'eau rencontre de l'oxygène sur son chemin, mais une fois que le réseau distribue à nouveau l'eau et que cette eau est compactée dans le tuyau sans la présence de bulles d'oxygène, l'eau se normalise et redevient limpide.

La perception de la population qui consomme l'eau mise à disposition par le service autonome a également été interrogée afin d'étayer l'analyse, car la meilleure façon d'exprimer la qualité de l'eau est précisément le jugement direct du consommateur. Leurs réponses aux questions sur la qualité de l'eau étaient insatisfaisantes et reflétaient la réalité de l'état dans lequel l'eau arrive chez eux, ce qui, dans la plupart des cas, entraîne certains inconvénients pour les résidents, car cela les oblige à se procurer de l'eau auprès de commerces locaux, comme l'achat de bouteilles d'eau minérale de 20 litres ou l'achat de purificateurs ou de filtres. Certaines personnes consomment l'eau directement au robinet, même si sa qualité est qualifiée d'insatisfaisante.

La recherche a également bénéficié de la collaboration d'un habitant du quartier qui, insatisfait de la qualité de l'eau qui arrivait chez lui par le service d'adduction d'eau, a construit un puits de 18 mètres de profondeur pour répondre à ses besoins et à ceux des autres habitants du quartier avec une meilleure qualité. Toujours à propos de cette solution individuelle adoptée par cet habitant, il a indiqué qu'en plus de l'entretien physique de son puits, il est également suivi par l'Unité de surveillance sanitaire d'Igarapé-Açu - CNES : 2312247, qui contrôle l'eau destinée à la consommation humaine et émet des rapports d'analyse tous les trois ou six mois, en fonction du comportement de la nappe phréatique et des niveaux de potabilité constatés.

L'analyse est effectuée en trois points fixes : le point de collecte, le réservoir d'eau et le robinet après la réserve. Les analyses sont effectuées sur trois échantillons de 200 ml prélevés à chaque point et non traités. Les résultats concernent les facteurs physico-chimiques, microbiologiques (coliformes totaux et Escherichia Coli) et organoleptiques (turbidité), selon le rapport fourni par le résident. Les résultats peuvent être consultés dans les rapports émis par l'Unité de surveillance sanitaire d'Igarapé-Açu, qui figurent en annexe sous la forme d'un rapport technique. Les valeurs de référence pour les analyses sont étayées par l'ordonnance n° 2914 du 12 décembre 2011, et le document qui le prouve est disponible dans les *annexes de ce* document.

Le graphique 7 présente l'interprétation des données recueillies lors des entretiens avec les habitants du quartier de Colina, en fonction de leurs réponses sur l'approvisionnement en eau.

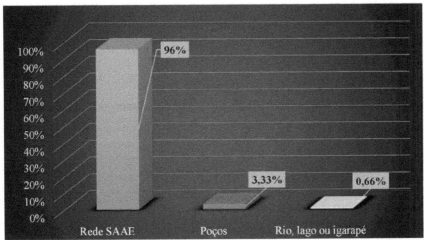

Graphique 7 - Moyens utilisés pour approvisionner les ménages en eau.
Source : Auteur, 2017.

Les chiffres du réseau de distribution d'eau de la SAAE, présentés dans le graphique 7, sont très élevés et les personnes qui disposent de puits à leur domicile se caractérisent par leur insatisfaction à l'égard de l'eau distribuée par la SAAE et disposent des revenus nécessaires pour financer la construction et l'entretien de leurs puits. Les personnes qui utilisent l'eau des rivières, des lacs ou des ruisseaux ne sont pas connectées au réseau de distribution, car leurs maisons sont proches d'un ruisseau qui coule parallèlement au quartier et qui constitue même la ligne de démarcation de la limite du quartier.

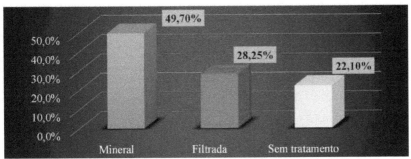

Graphique 8 - Moyens de consommation/gestion de l'eau.
Source : Auteur, 2017.

Comme le montre le graphique 8, près de la moitié de la population doit ajouter à son budget le coût des bouteilles d'eau minérale. Si l'on ajoute les habitants qui disposent

37

d'un filtre à domicile, plus des trois quarts des habitants interrogés sont soucieux de consommer une eau de meilleure qualité que celle proposée par le service des eaux. Ce qui est inquiétant, c'est le pourcentage de personnes qui ne traitent aucunement leur eau avant de la boire, certaines affirmant qu'elles n'ont pas les moyens de payer d'autres sources et d'autres disant simplement qu'il n'y a pas besoin d'autre chose qu'un morceau de tissu attaché au robinet pour retenir les solides et "filtrer" le fer qui arrive avec l'eau.

Vous trouverez ci-dessous les données en pourcentage des moyens choisis par les habitants du quartier en ce qui concerne le stockage de l'eau destinée à la consommation humaine à la maison.

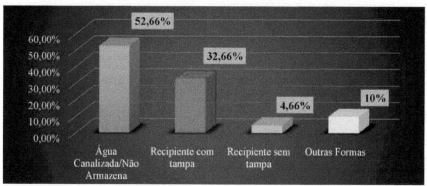

Graphique 9 - Moyens choisis par les habitants pour stocker l'eau destinée à la consommation humaine.

Source : Auteur, 2017.

Afin de prévenir les pénuries d'eau, comme le montre le graphique, une grande partie de la population n'est pas concernée par le stockage de l'eau, soit plus de la moitié des personnes interrogées, tandis qu'environ 47,44% des personnes interrogées sont concernées par le stockage de l'eau dans des récipients avec couvercle, sans couvercle et d'autres manières, telles que des bidons d'eau.

6.3. Caractéristiques du système d'assainissement

La collecte de données *sur le terrain* a constitué la base de la recherche, qui a conclu, grâce aux informations fournies par les résidents eux-mêmes, que le traitement des eaux usées des différentes habitations se fait par le biais d'alternatives individuelles. Le responsable de l'environnement et directeur du département de l'environnement de la municipalité d'Igarapé-Açu (SEMMA) confirme qu'il sait que les eaux usées sont collectées et traitées à l'aide de fosses noires et affirme que les normes de l'Association brésilienne des normes techniques (ABNT), NBR 7229 et NBR 13969, apportent un soutien à la partie intéressée en établissant les conditions requises pour le projet, Les normes de construction et d'installation de fosses septiques, y compris le traitement et l'élimination des effluents et des boues sédimentées, "visent à préserver la santé publique et environnementale, l'hygiène, le confort et la sécurité des habitants des zones desservies par ces systèmes" (NBR 7229, 1993) et "ont été élaborées en raison de la nécessité d'un assainissement de base efficace dans les zones non couvertes par un réseau de collecte et un système d'épuration des eaux usées, de la protection de l'environnement et des sources d'approvisionnement en eau" (NBR 13969, 1997).

Le département des travaux de la municipalité confirme également qu'il est conscient de la manière dont les eaux usées sanitaires sont souvent traitées et qu'il dispose de projets prêts à l'emploi que le public peut mettre en œuvre dans les maisons qui l'intéressent, comme le montrent les images scannées ci-dessous, fournies par le département des travaux de la municipalité d'Igarapé-Açu. L'image 5 ci-dessous montre le plan scanné d'un projet de construction d'égouts.

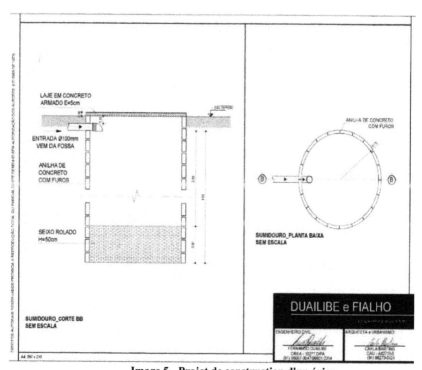

Image 5 - Projet de construction d'un évier
Source : Département des travaux publics de la municipalité d'Igarapé-Açu, 2016.

L'image 5 ci-dessous montre un plan numérisé d'un projet de construction d'un drain.

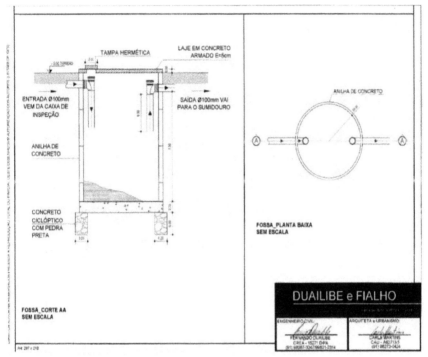

Image 6 - Projet de construction d'une fosse septique,
Source : Département des travaux publics de la municipalité d'Igarapé-Açu, 2016.

Selon certains habitants du quartier, les fosses noires et les fosses septiques ne sont pas entretenues régulièrement et les autorités publiques procèdent à des inspections lorsqu'il y a une plainte dûment enregistrée auprès de la SEMMA.

Bien que le service autonome de l'eau et de l'assainissement soit responsable de toutes les actions techniques et administratives visant à fournir à la population des systèmes d'approvisionnement en eau et d'**assainissement**, le directeur déclare qu'il n'y a pas d'activités qui fournissent des actions techniques directement ou indirectement liées à l'assainissement dans la municipalité.

Les données recueillies lors des entretiens, afin de comprendre comment les habitants du quartier de Colina traitent leurs déchets, ont montré que les habitations sont équipées de fosses septiques et de fosses d'aisance.

"Dans ce système, les tuyaux hydrauliques qui déversent les déchets dans les égouts sont remplacés par des chambres qui stockent les déchets pendant le processus de compostage.

Le graphique 10 ci-dessous présente l'interprétation des données recueillies lors des entretiens avec les habitants du quartier de Colina, en fonction de leurs réponses.

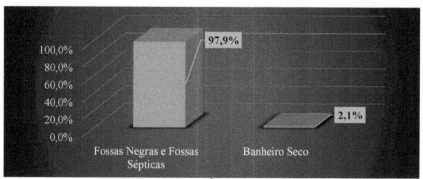

Graphique 10 - Élimination des déchets.
Source : Auteur, 2017.

Il montre le pourcentage de moyens choisis par les habitants pour l'évacuation et le traitement des déchets ménagers. Comme le montre le graphique 10, 97,9 % correspondent aux fosses noires et aux fosses septiques qui ont été construites selon un projet préétabli. L'utilisation de toilettes sèches dans les arrière-cours suit un faible pourcentage et tient compte de celles qui sont et ne sont plus en service.

Le graphique 11 ci-dessous montre le pourcentage de problèmes constatés dans les canalisations domestiques, selon les habitants.

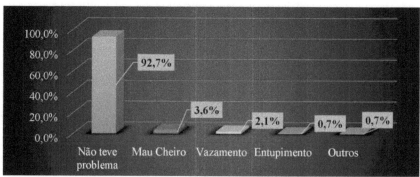

Graphique 11 - Problèmes rencontrés dans les canalisations domestiques selon les habitants.
Source : Auteur, 2017.

Le graphique montre que, dans la plupart des cas, les fosses d'aisance dans les

42

habitations ne posent pas de problèmes, que peu de personnes ont ressenti les effets des problèmes liés aux fosses d'aisance, environ 7,3 % seulement, et que les autres problèmes liés aux fosses d'aisance sont liés à la présence de moustiques et de carapaces, ce qui est dû à la mauvaise structure qui entraîne un milieu favorable capable de faire proliférer les moustiques.

Le graphique 12 ci-dessous montre le pourcentage de la fréquence de nettoyage et d'entretien des fosses d'aisance des résidents interrogés.

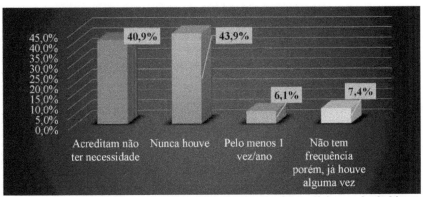

Graphique 12 - Fréquence de nettoyage et d'entretien des fosses d'aisance des habitants utilisées pour le traitement des déchets ménagers.
Source : Auteur, 2017.

Nous pouvons comprendre qu'en plus d'un manque d'intérêt pour l'entretien des fosses d'aisance, il y a beaucoup de bon sens qui amène les résidents à croire qu'il n'y a pas besoin de leur moyen de traitement des déchets. Bien qu'il s'agisse du deuxième pourcentage le plus élevé dans les entretiens, on estime que ce phénomène est extrêmement préoccupant car il s'agit d'un ensemble d'idées communes au sein de la société, basées sur les expériences et les connaissances qui ont été transmises au fil du temps et que l'on retrouve encore au sein du groupe.

On peut également analyser que, malgré les différentes réponses données par les habitants, 100% des personnes interrogées n'entretiennent ou ne nettoient pas fréquemment leurs fosses d'aisance.

Il s'agit d'une donnée inquiétante, car la seule option disponible pour comprendre la destination des déchets est l'infiltration dans le sol par la base des réservoirs, qui, en fonction de la profondeur de la nappe phréatique la plus proche, pourrait être contaminée, puisque certaines des personnes interrogées ont estimé qu'il n'y avait pas eu de nettoyage depuis les années 80, voire les années 70.

6.4 Caractéristiques de l'élimination des déchets solides

La municipalité d'Igarapé-Açu concentre ses déchets dans une zone de dépôt située dans le quartier Água Limpa, au nord-ouest de la ville. Selon SEMMA, la zone de dépôt des déchets solides a une longueur de 10 305 mètres et se trouve à environ 616 mètres du périmètre urbain le plus proche. L'information est visible sur l'image ci-dessous, fournie par le département municipal de l'environnement.

L'image 7 montre l'emplacement de la zone d'élimination des déchets solides dans la municipalité d'Igarapé-Açu.

Image 7 - Carte de localisation de la zone d'élimination des déchets solides d' Igarapé-Açu

Source : Département municipal de l'environnement d'Igarapé-Açu, 2015.

On pense que le périmètre de la décharge est maintenant plus proche des habitations parce que les invasions sur le site se sont étendues. Il y a également des personnes dans les zones de décharge qui essaient d'utiliser une partie des déchets, mais selon le responsable environnemental de SEMMA, le département n'organise aucun type d'activité coopérative pour ces personnes et ne fournit pas de subventions pour protéger la santé de ces utilisateurs. Le secrétariat n'a pas non plus connaissance d'une quelconque forme de coopérative de tri et de traitement des déchets solides opérant dans la zone de décharge.

Les déchets solides du quartier de Colina, ainsi que d'autres quartiers de la municipalité, sont collectés deux fois par semaine par un camion de la mairie et éliminés dans la zone de décharge, explique le responsable de l'environnement de SEMMA.

Le gestionnaire a également prêté attention à l'information selon laquelle la municipalité est en train d'élaborer un projet visant à transformer la zone de dépôt en décharge, étant donné que la municipalité pourrait être soumise à des amendes, être poursuivie pour des infractions environnementales et pourrait même compromettre l'administrateur public. La loi n° 12.305/10 sur la politique nationale en matière de déchets solides définit ses "principes, objectifs et instruments, ainsi que les lignes directrices pour la gestion intégrée et la gestion des déchets solides, y compris les déchets dangereux, les responsabilités des producteurs et des autorités publiques et les instruments économiques applicables. ".

Il est donc important de souligner que, conformément à la loi 12.305 du 2 août 2010, dans sa section IV, art. 18 :

> La préparation d'un plan municipal de gestion intégrée des déchets solides, en vertu de cette loi, est une condition pour que le District fédéral et les municipalités aient accès aux fonds fédéraux, ou aux fonds contrôlés par le gouvernement fédéral, pour des projets et des services liés à la propreté urbaine et à la gestion des déchets solides, ou pour bénéficier d'incitations ou de financements de la part d'entités fédérales de crédit ou de développement à cette fin (BRASIL, 2010).

Le graphique 13 ci-dessous montre le pourcentage de déchets solides produits par les ménages.

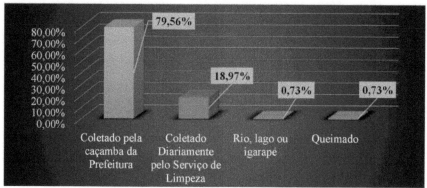

Graphique 13 - Destination des ordures ménagères.
Source : Auteur 2017.

Les données présentées dans le graphique 13 montrent le pourcentage de ménages qui utilisent le service municipal de ramassage des déchets. Certains habitants ont affirmé bénéficier du service de nettoyage tous les jours, mais l'information fournie sur ce service est qu'il est attribué aux habitants de chaque quartier deux fois par semaine. Cette estimation présentée par les habitants correspond à ceux qui vivent à proximité du quartier Centro et qui bénéficient du service de nettoyage les jours où le camion ramasse les déchets de ce quartier.

Ce qui est inquiétant, c'est que les habitants se débarrassent de leurs déchets dans le ruisseau ou les brûlent, sous prétexte que le service de collecte n'arrive pas jusqu'à chez eux.

Le graphique 14 montre les moyens utilisés pour conserver les déchets solides.

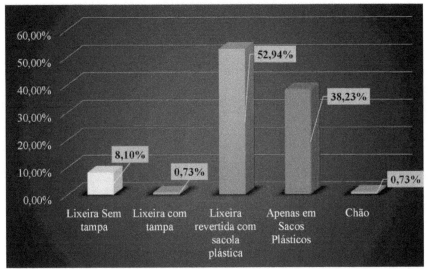

Graphique 14 - Moyens utilisés pour stocker les déchets solides générés par les ménages avant qu'ils ne soient collectés par la benne municipale.

Source : Auteur, 2017.

Le pourcentage indiqué permet d'analyser que la plupart des habitants sont préoccupés par le stockage de leurs déchets, car en l'absence de stockage, ils affirment avoir déjà eu des problèmes avec la présence d'animaux tels que les rats et les mucuras (nom populaire donné à l'opossum en Amazonie). Les chiens errants sont également un problème lorsqu'il s'agit de déchets au sol, c'est pourquoi les habitants qui emballent leurs déchets solides dans des sacs en plastique prennent également soin de les suspendre à une hauteur considérable du sol, en utilisant des poubelles devant leurs maisons.

Le graphique 15 montre le pourcentage de la fréquence à laquelle les résidents sont desservis par le service municipal de collecte des déchets solides.

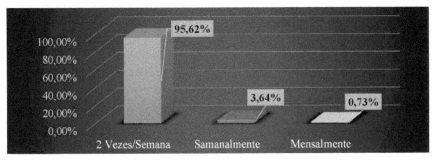

47

On constate ici que la majorité des habitants bénéficient du service de collecte des déchets exactement deux fois par semaine, souvent le lundi et le jeudi, à l'exception de certains habitants qui vivent dans des zones difficiles d'accès où le camion de collecte ne passe pas aussi souvent.

6.5 Caractéristiques de l'évacuation des eaux de pluie

Le quartier de Colina ne dispose pas de structures techniques justifiant un système de collecte et de traitement des eaux de pluie, ce qui signifie que les eaux de pluie s'infiltrent dans les rues et les trottoirs jusqu'à atteindre le point le plus bas du quartier, où se trouve un cours d'eau affluent de la rivière Igarapé-Açu, communément appelé "Igarapé-da-Colina", C'est également le cas dans la direction Centre-Barrio en raison de la pente du terrain, et le département des travaux publics de la municipalité sait également que ce cours d'eau est drainé par une petite galerie qui commence à l'angle de l'avenue João Pessoa et de la Praça das Nações Unidas et se poursuit jusqu'à la rivière Colina, comme le montre l'image 8 ci-dessous, provenant du département des travaux publics de la municipalité.

Image 8- Représentation AUTOCAD du cours de la rivière et de l'ancienne galerie.
Source : Département des travaux publics de la municipalité d'Igarapé-Açu, 2016.

L'image ci-dessus montre deux lignes principales d'intérêt pour le système de drainage : la ligne bleue, qui représente la rivière Colina, et la ligne verte étroite (la ligne qui traverse la boîte de nuit Usina), qui représente le tracé du ponceau. Bien que la carte ne soit pas à jour et qu'il existe des informations selon lesquelles ce ponceau n'est peut-être plus utilisé, l'ingénieur du service des travaux affirme qu'il existe un drainage des mêmes points vers la même destination, mais dans un nouveau ponceau qui n'est pas encore représenté dans le service.

On peut donc dire que l'eau de pluie est simplement conduite à la rivière sans aucune forme de traitement avant son arrivée. En outre, il est prouvé que des raccordements résidentiels déversent des eaux usées dans la galerie, étant donné qu'une partie du chemin de la galerie, qui ne devrait être utilisée que pour les eaux de pluie, n'est pas couverte et que l'on peut voir de l'eau même lorsqu'il ne pleut pas, comme le montre une image du service des travaux publics de la municipalité :

Les images 9, 10, 11 et 12, qui se rapportent à la partie non couverte de la galerie, le pont du Rio da Colina sur la Rua Benjamin Constant, montrent respectivement les tuyaux utilisés dans la structure du pont obstrués par des déchets solides, la difficulté d'écoulement de l'eau sur le même pont après la pluie et la représentation de la structure d'un autre pont sur la Rua 7 de Setembro, qui n'est pas obstrué.

Image 9 - Section non couverte de la galerie par une journée ensoleillée.
Source : Département des travaux publics de la municipalité d'Igarapé-Açu, 2015.

Image 10- Pont sur la rivière Colina à Rua Benjamim Constant avec des canalisations bouchées.

Source : Auteur, 2016.

Image 11- La difficulté de l'écoulement de l'eau après la pluie sur le Ponte do Rio da Colina sur la Rua Benjamim Constant.Source : Auteur, 2017.

Image 12- Structure d'un autre pont de la rue 7 de Setembro qui n'est pas obstrué.
Source : Auteur, 2017.

Cela justifie l'interférence anthropique notable dans l'environnement naturel de la rivière Colina, où les habitants savent depuis de nombreuses années qu'il n'existe pas de tests de baignade permettant de contrôler la qualité de l'eau de la rivière en question et qu'elle est empiriquement considérée comme étant de très mauvaise qualité par les utilisateurs.

Le pont qui traverse la rivière da Colina, situé sur la Rua Benjamim Constant, est également en grande partie responsable des inondations fréquentes qui se produisent dans cette zone proche de la rivière da Colina pendant les périodes de pluie, car sa structure n'est pas en mesure de faire face au grand volume d'eau et empêche également le passage des déchets qui sont emportés lors de fortes pluies. Ce problème est également lié à la réception des eaux de drainage, non seulement du quartier de la Colina, mais aussi de différentes parties du centre-ville. Par conséquent, les tuyaux utilisés dans la structure du pont ne permettent pas à l'eau et aux déchets de passer correctement, ce qui met en danger toute la région de l'affluent et d'autres régions proches de la zone du pont sur la rivière Colina.

L'enquête s'est également appuyée sur la collaboration des habitants qui ont accepté de répondre aux questions sur les eaux usées. En analysant les données issues des entretiens et des visites de certaines maisons du quartier, on peut dire que la grande majorité des habitants ont confirmé que les eaux usées de leurs maisons sont dirigées vers les gouttières, dont certaines n'ont pas de tuyaux pour les diriger vers des fossés ouverts à l'intérieur de la maison jusqu'à ce qu'elles atteignent la structure d'évacuation. Quelques exceptions ont également été relevées, telles que les maisons où les eaux usées sont dirigées vers le terrain de la maison (arrière-cour), et les rares maisons qui disposent d'un bac à graisse pour traiter l'eau avant qu'elle ne soit déversée dans les caniveaux.

Bien que le thème du drainage ne soit pas abordé, il a été possible de constater que les eaux usées étaient dirigées vers la gouttière, ce qui a conduit à la nécessité d'un avis sur le sujet en question.

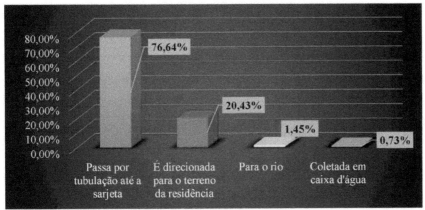

Graphique 16 - Utilisation de l'eau pour le bain, le lavage du linge et de la vaisselle au domicile des personnes interrogées.
Source : Auteur, 2017.

L'interview préparée avec la population du quartier ne comprend pas de sujet spécifique sur le drainage, mais d'après les informations recueillies au cours de la recherche, il était nécessaire de faire cette estimation parce que la grande majorité des eaux usées sont éliminées dans les gouttières qui drainent les eaux de pluie, ce qui ajoute au volume d'eau qui est dirigé vers le ruisseau de la colline. On sait également que le volume d'eaux usées allouées au cours d'eau contient d'importants composés chimiques et organiques qui seront éliminés sans traitement adéquat, ce qui mettra le ruisseau encore plus en péril.

Le faible pourcentage de collecte des réservoirs d'eau analysé correspond à une petite proportion de résidents qui réutilisent l'eau de vaisselle à d'autres fins, telles que le lavage des sols, des voitures, des motos et des vélos.

6.6 Caractéristiques de la santé publique

Les axes choisis pour la fonction principale de ce travail de fin d'études, qui est de déduire la perception des services d'assainissement fournis aux habitants du quartier de Colina, ont montré la nécessité d'aborder ce sujet afin de comprendre la compétence de ce groupe, c'est pourquoi ce sujet a également été étudié afin d'étayer et d'enrichir ce rapport.

53

La recherche s'est appuyée sur le département municipal de la santé, qui a mis à disposition le coordinateur de la planification de la santé pour combler certaines lacunes en matière d'information constatées lors des entretiens avec les habitants. Par l'intermédiaire de ce dernier, le coordinateur indique que les services d'assainissement ne sont pas totalement efficaces pour protéger la santé et que les maladies d'origine hydrique sont plus fréquentes avec l'arrivée de l'hiver amazonien. Pour lutter contre cette situation, ils disposent d'un centre de santé qui, lorsqu'il est sollicité en raison de l'apparition de ces maladies, peut envoyer une équipe d'agents de santé communautaire et d'agents de lutte contre les maladies endémiques qui sont chargés du premier traitement, une phase qu'il appelle prévention. Ensuite, lorsqu'il y a des informations sur l'apparition confirmée de ces maladies, on procède à un traitement local et à un traitement biologique, ce dernier étant effectué lorsqu'il y a un individu infecté et que cet état est traité avec des antibiotiques afin de résoudre ces problèmes, selon le coordonnateur lui-même.

Certains agents et prestataires de services spécialisés dans les maladies endémiques étaient présents pour répondre au besoin d'informations sanitaires de base, mais l'enquête sur les foyers a montré que ces visites étaient peu fréquentes dans certaines parties du quartier, d'où une répartition inégale des visites. Le coordinateur de la planification a expliqué que cette répartition s'est faite grâce à une étude préalable du secrétariat, qui dimensionne la zone dans laquelle les agents travaillent en cartographiant les cas pour la répartition des équipes, dans lesquelles ils enquêtent sur les endroits où l'incidence de certaines maladies est plus élevée grâce à des rendez-vous médicaux et des visites des agents, Ces chiffres peuvent être consultés sur le site web du Secrétariat d'État à la santé publique (SESPA), où l'information est fournie au moyen d'indicateurs qui confirment que 72 % de la zone desservie l'a été, d'après la dernière enquête.

Interrogé sur les cas d'enfants atteints de maladies hydriques, si l'unité de santé de base a une incidence plus élevée de cas pendant les périodes de pluie, le coordinateur a dit que pendant ces périodes le volume d'eau est plus grand, que le courant apporte beaucoup d'impuretés et que, comme mentionné précédemment, les équipes sont attentives à faire de la prévention et à alerter les parents sur les dangers, rappelant que lorsque les équipes sont appelées par les résidents, on prend soin de se rendre immédiatement sur place pour que les symptômes puissent être identifiés et que le traitement soit effectué, tant au niveau local que biologique. Il précise que des campagnes de prévention sont menées et que, lors des périodes de pluie, cette attention est redoublée.

Le coordinateur de la planification a également fait remarquer que les cas d'ingestion excessive de certaines substances attribuées à l'eau par le système de traitement, comme mentionné précédemment, telles que la présence de niveaux élevés de fer sous sa forme insoluble ; certaines recherches montrent que ce type d'action accumulative par le tube digestif entraîne de graves problèmes de santé, tels que l'hémochromatose, qui est définie comme suit :

> Une condition qui peut conduire à une accumulation excessive de fer dans l'organisme en raison d'une absorption accrue de cet élément par le tube digestif. Avec le temps, l'excès de fer s'accumule dans les tissus de l'ensemble de l'organisme, entraînant une surcharge en fer. En conséquence, divers problèmes peuvent survenir, tels que des lésions hépatiques, des lésions cardiaques, du diabète, des dysfonctionnements sexuels, des douleurs articulaires et des faiblesses (CAMPOS, 2017).

Le coordinateur a indiqué qu'il était difficile d'évaluer cet aspect en raison du grand nombre de puits privés.

Cependant, il confirme que jusqu'à présent il n'y a pas eu de cas comme ceux cités par Campos (2017) et d'autres comme eux d'accumulation d'une certaine substance à travers l'eau du quartier de Colina. Cependant, lorsque des changements significatifs de substance et de composition sont constatés dans l'eau de ces puits et que le cas est porté à l'attention de l'unité de santé, des mesures sont prises pour traiter l'individu et, si possible, le puits, afin que les niveaux de substances diminuent de manière significative. Cependant, les cas de diarrhée ne sont pas rares et parfois accompagnés de symptômes de parasitose qui " incluent des nausées, des vomissements, des brûlures d'estomac ou une sensation de mouvement dans l'estomac. "(FRAZÃO, 2016).

Des questions ont été posées sur le taux de maladies liées au vecteur Aedes Aegypti qui, bien qu'il ne s'agisse pas d'un facteur lié à la consommation directe d'eau, est un vecteur dangereux qui se reproduit rapidement dans toute accumulation d'eau à l'état statique et selon des schémas saisonniers favorables, et qui représente un risque pour la santé des habitants. Dans cette optique, le coordinateur indique que des équipes sont envoyées pour surveiller les foyers et fournir des services en fonction des données recueillies, en donnant la priorité aux endroits où l'incidence des cas est la plus élevée, en effectuant des travaux de prévention et de contrôle de ce moustique.

Les graphiques 17, 18, 19, 20, 21, 22, 23, 24 et 25 relatifs à l'enquête auprès des habitants du quartier sont présentés ci-dessous afin de quantifier les réponses aux interviews en pourcentages et représentent les maladies citées par les personnes interrogées, la fréquence de l'hygiène bucco-dentaire des enfants, le nombre d'habitants qui se font soigner à l'unité sanitaire de base, la fréquence des visites de l'agent de lutte contre les maladies endémiques, la façon dont ils considèrent la santé locale en cas de maladie, le lieu où ils se font soigner habituellement, l'élevage des animaux, leur classification et les caractéristiques de leur régime alimentaire.

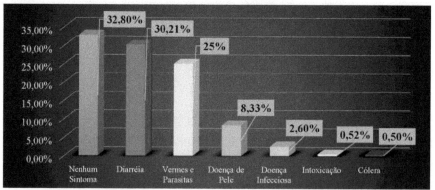

Graphique 17 - Maladies citées par les personnes interrogées, qui ont déjà été signalées parmi les résidents des foyers.

Source : Auteur, 2017.

On constate que 67,2 % des habitants interrogés déclarent avoir déjà eu des cas de certaines des maladies mentionnées dans les entretiens, et que 55,21 % correspondent à la somme des cas de diarrhée, de vers et de parasites. On estime que ces chiffres sont très inquiétants et qu'ils pourraient être d'origine hydrique, bien que cela n'ait pas été prouvé. Les maladies de la peau sont également présentes sous la forme de démangeaisons après le bain.

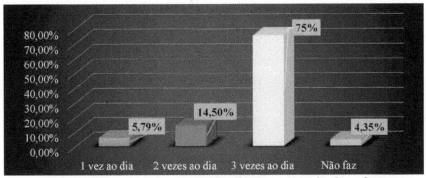

Graphique 18 - Fréquence de l'hygiène bucco-dentaire des enfants.
Source : Auteur, 2017.

Le pourcentage attribué au graphique ci-dessus correspond aux 55,65% des ménages qui ont des enfants à la maison. Les données montrent qu'il s'agit d'un excellent résultat alors que la présence de fluor dans l'eau distribuée par le SAAE est déjà observée dans les données d'approvisionnement en eau, comme l'a commenté le directeur du service. Selon le SABESP (?) "l'Ordonnance 2914/11 du Ministère de la Santé établit que l'eau produite et distribuée pour la consommation humaine doit être contrôlée (?) Le fluor est un élément chimique ajouté à l'approvisionnement en eau parce qu'il aide à protéger les dents contre les caries".

En outre, le numéro attribué au thème "ne" est donné aux enfants qui ne sont pas encore à un âge chronologiquement favorable à la pousse des dents, c'est-à-dire les bébés de moins de 12 mois.

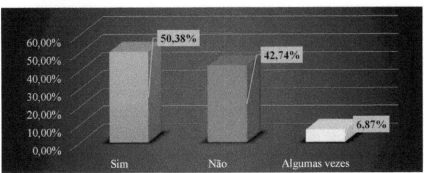

Graphique 19 - Habitants qui se font soigner à l'unité de santé de base dans le quartier de Colina.

En observant les données du graphique, on constate qu'environ 49,61% des habitants n'accordent pas la priorité à la consultation à l'unité de santé de base du quartier de Colina. Selon certains habitants, une partie des rendez-vous à l'unité est destinée à l'obtention de médicaments à usage contrôlé.

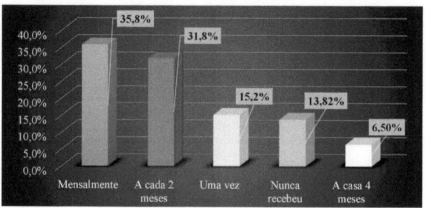

Graphique 20 - Fréquence des visites de l'agent des maladies endémiques auprès des habitants interrogés dans le quartier.

Selon les données obtenues, environ 74,1 % des résidents interrogés reçoivent la visite des agents chargés des maladies endémiques à des intervalles allant jusqu'à quatre mois. Selon le coordinateur de la planification de la santé, une enquête locale est menée pour répondre aux besoins en matière de visites.

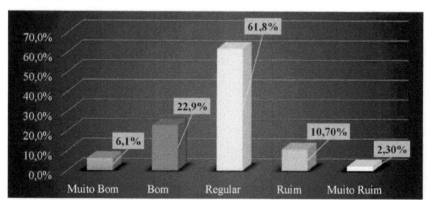

Graphique 21 - Comment ils considèrent la santé locale

L'analyse du graphique 21 montre que le niveau le plus élevé, du point de vue de la population sanitaire locale, est considéré comme "équitable", compte tenu des éléments suivants

en tenant compte de l'exposition aux risques environnementaux, des soins prodigués par l'unité de santé de base du quartier et de la préoccupation des autorités municipales pour la prévention et la protection des habitants du quartier.

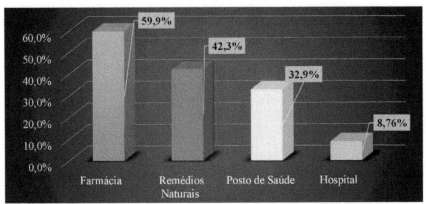

Graphique 22 - En cas de maladie, ils ont l'habitude de se faire soigner.
Source : Auteur, 2017.

En analysant le graphique 22, il est possible de constater que la recherche de pharmacies et de remèdes naturels à domicile reste une priorité pour les habitants du quartier de Colina, ce qui est inquiétant étant donné que l'automédication, selon la SBEM - Société brésilienne d'endocrinologie et de métabologie (2016) "l'utilisation incorrecte des médicaments peut conduire à l'aggravation d'une maladie, puisqu'une utilisation inappropriée peut cacher certains symptômes. " et par ailleurs, "selon les données du Système national d'information toxico-pharmacologique (SINTOX), en 2003, les médicaments étaient responsables de 28% de tous les rapports d'empoisonnement." Cette dernière (intoxication) a également été mesurée dans l'enquête sur les cas de maladie.

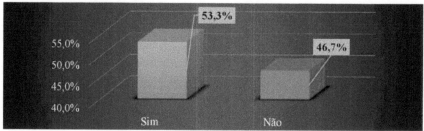

Graphique 23 - Caractéristiques de l'élevage.
Source : Auteur, 2017.

Il convient de rappeler que les animaux domestiques sont également susceptibles de transmettre des maladies si, même s'ils sont vaccinés, ils entrent en contact avec d'autres animaux.

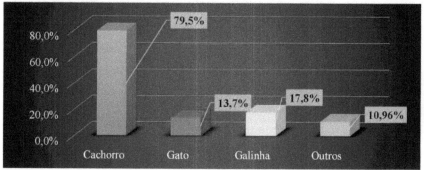

Graphique 24 - Caractéristiques de la classification des animaux
Source : Auteur, 2017.

En regardant les chiffres du graphique ci-dessus, nous pouvons voir que la majorité des animaux sont des chiens selon les personnes interrogées, même s'ils sont vaccinés, certaines personnes affirment que leurs animaux vivent dans la rue, ce qui augmente le risque qu'ils entrent en contact avec un animal infecté et qu'ils finissent par l'introduire dans la maison et ses résidents. Les chats sont également des animaux qui augmentent le risque de développer des allergies et une sensibilité à l'animal (STAUT, 2012).

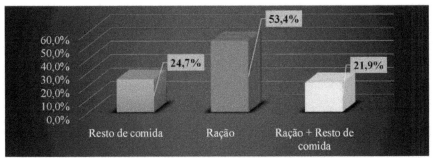

Graphique 25 - Caractéristiques de l'alimentation animale
Source : Auteur, 2017.

L'alimentation des animaux est souvent liée à leur immunité. Selon le site R7 (2017), nourrir les animaux "est un moyen très important de renforcer l'immunité", en particulier chez les chiens, un facteur qui peut être associé à la protection contre les maladies extérieures auxquelles ils peuvent être sensibles.

L'analyse du graphique 25 montre que plus des trois quarts, soit environ 75,3%, des résidents qui ont des animaux à la maison les nourrissent uniquement avec de la nourriture ou intègrent de la nourriture dans leur régime alimentaire.

CHAPITRE 7

PROPOSITIONS D'AMÉLIORATION

L'amélioration des conditions de santé et de la qualité de vie de la population vivant dans les zones urbaines dépend en partie des conditions d'assainissement associées au développement de ses caractéristiques pour les entreprises, les institutions et la population elle-même par le biais des services publics d'assainissement de base (MINISTÉRIO DAS CIDADES, 2005).

La nécessité de planifier de meilleurs services qui répondent aux besoins et à la précarité constatés dans cet avis se retrouve dans les différents domaines de l'assainissement.

Il convient de noter que les principes fondamentaux établis sous la forme de lignes directrices nationales associent les services publics à la base systématique qui soutient l'accès universel et les services complets, compris comme les composantes qui entourent les services mis à la disposition de la population en fonction de ses besoins, en maximisant l'efficacité des actions et des résultats (BRASIL, 2007).

7.1 Améliorer l'approvisionnement en eau

Le directeur qui gère les services reconnaît lui-même les défauts de l'eau qui arrive dans les foyers, c'est pourquoi il est nécessaire de revoir les points d'analyse pour comprendre les défauts et ensuite réajuster les méthodes de traitement et de distribution. On estime que si les points de captage actuels établis à la prise d'eau et à la sortie de l'eau de distribution sont conformes aux normes établies par la loi, la déficience qui finit par porter préjudice à l'environnement ne peut pas être corrigée. La déficience qui finit par nuire à l'état de l'eau peut se situer le long du réseau de canalisations, puisque les désagréments se produisent à différentes périodes de la journée.

Par conséquent, il est reconnu qu'il est essentiel de réévaluer les subventions qui composent le traitement et la distribution de l'eau à la population du quartier, de sorte qu'en connaissant le point qui est à l'origine du problème, il est possible d'élaborer un projet pour le réparer.

7.2 Améliorer l'assainissement

Les données obtenues auprès de la population et leur perception du traitement des déchets ménagers montrent qu'il est très difficile de déstabiliser le sens commun selon lequel la nécessité d'appliquer un entretien aux fosses d'aisance est établie par la présence et la reconnaissance d'un problème. Le plus grand défi est de réajuster ce type de pensée, déjà structurée en paradigmes.

C'est pourquoi on estime que la rééducation des concepts de bon sens des résidents est une tâche ardue car, selon Jerônimo Mendes (2015), " briser les paradigmes, dans la plupart des cas, signifie ramer à contre-courant, établir un nouvel ordre des choses. ". Cependant, cet effet serait une manière de réajuster ce comportement, en provoquant une plus grande sensibilité au sujet. La sensibilisation à l'importance du contrôle et de l'entretien des fosses d'aisance est un bon moyen de réaliser le service nécessaire à l'établissement d'un équilibre entre la santé des habitants et l'environnement. Si le contrôle est effectué par les responsables de la maison, il est entendu que les habitants effectuent eux-mêmes les réparations des fosses.

Il faut également étudier la contamination éventuelle du sol et même de la nappe phréatique car, comme nous l'avons vu précédemment, il y a un nombre considérable d'habitations qui utilisent l'eau des puits afin d'avoir une véritable compréhension de la situation actuelle. On peut ainsi se faire une idée de la proximité de l'infiltration des déchets des fosses noires qui ont été exploitées pendant de longues périodes.

7.3 Améliorer le drainage urbain

Les systèmes de drainage du quartier étudié ne diffèrent pas de l'ensemble de ceux que l'on trouve dans d'autres villes du Pará, même les systèmes de drainage de l'État de

São Paulo ne sont pas différents.

Belém, la capitale. Cependant, l'asphaltage précaire de certaines rues qui mènent directement aux ruisseaux qui entourent le quartier est responsable d'une grande partie des déchets et de l'envasement des plans d'eau. De plus, la structure du pont Benjamin Constant, qui implique l'utilisation de canalisations, est en grande partie responsable de la rétention des déchets, ce qui compromet l'évacuation des eaux de pluie et provoque un important rejet d'eau.

La réévaluation de l'efficacité de la structure qui soutient le pont pourrait être une alternative, de même que la mise en place de bacs à graisse dans les maisons qui rejettent leurs eaux usées dans les caniveaux.

7.4 Amélioration du traitement des déchets solides

Il est reconnu qu'il y a un manque de planification dans le domaine de l'élimination des déchets, non seulement dans le quartier de la colline, mais dans l'ensemble de la municipalité. On sait que la loi 12.305/10 établit la politique nationale des déchets solides, en fixant ses principes, objectifs et instruments, ainsi que des lignes directrices pour la gestion intégrée et la gestion des déchets, y compris les déchets dangereux, et la responsabilité des producteurs et des autorités publiques (...) (SILVA et al. 2010) a été assignée dans le but de soutenir les travailleurs du service en établissant leur respect.

Il est nécessaire de connaître le plan d'élimination reconnu afin de fixer des objectifs d'amélioration en liaison avec la planification de la zone, dans le but de réparer les impacts déjà causés par des années d'élimination de déchets non traités, en essayant de diriger les déchets vers un site précédemment planifié pour les recevoir et traiter la zone affectée peut être la meilleure pratique pour corriger la condition actuelle et l'ajuster pour discuter du traitement correct.

CHAPITRE 8

CONCLUSION

La méthodologie utilisée dans la recherche a servi de base à cette phase initiale du projet, et les visites *sur place* ont été importantes pour collecter des informations et élaborer ensuite des questions sur les principales circonstances rencontrées.

Les entretiens accordés par les directeurs des organisations présentant un intérêt pour la recherche ont été extrêmement importants pour clarifier les questions soulevées, car il est difficile de trouver des informations accessibles au public sur le web (réseau de données et d'informations).

En outre, l'ingénieur du département des travaux municipaux de la municipalité nous a informés de l'existence d'une galerie qui recueille et dirige les eaux de pluie et les eaux usées de certaines habitations vers la rivière da Colina.

Ainsi, l'efficacité de la proposition initiale intègre la réalité du système d'assainissement du quartier de Colina et reproduit les informations acquises lors des enquêtes et des entretiens. Elle démontre l'absence de système de collecte des eaux usées et le problème de l'entretien des systèmes individuels utilisés dans les habitations. Par ailleurs, la présence de fer sous sa forme insoluble ($Fe+$) est un problème ancien dans la distribution de l'eau entre les habitants, ce qui provoque une grande insatisfaction parmi les habitants du quartier, si bien que certains se sont tournés vers les puits privés comme alternative à l'approvisionnement individuel.

En outre, l'entretien avec le coordinateur de la planification sanitaire a été important pour mettre en évidence les effets des services fournis aux résidents et comprendre les différents résultats obtenus pendant les périodes de pluie.

Les enquêtes auprès des ménages ont également été extrêmement importantes pour obtenir des informations et connaître le niveau de satisfaction des résidents à l'égard du service d'assainissement fourni dans le quartier.

Les problèmes de la zone "Lixão", qui contient les déchets solides de toute la municipalité, montrent le manque de projets qui aident positivement le système d'assainissement, ce qui est une réalité non seulement dans le quartier de Colina ou dans la municipalité d'Igarapé-Açu, mais aussi dans tout l'État du Pará.

RÉFÉRENCES BIBLIOGRAPHIQUES

ASSOCIATION BRÉSILIENNE DES NORMES TECHNIQUES - ABNT. **Conception, construction et fonctionnement des fosses septiques.** NBR 7229 : Sep/1993, 15 pages   .   Disponible à l'adresse suivante   :< http://www.acquasana.com.br/legislacao/nbr_7229.pdf> Consulté le : 10 déc. 2016.

ASSOCIATION BRÉSILIENNE DES NORMES TECHNIQUES - ABNT. **Fosses septiques - Unités de traitement complémentaire et d'élimination finale des effluents liquides - Conception, construction et fonctionnement.** NBR 13969 : Sep/1997, 60 pages.   Disponible à   :< http://www.acquasana.com.br/legislacao/nbr_13969.pdf> Consulté le : 13 déc. 2016.

AYACH, L. R. ; GUIMARÃES, S. T. L. ; CAPPI, N. ; AYACH, C. **Santé, assainissement et perception des risques environnementaux urbains.** Caderno de Geografia, v. 22, n.37, 2012.

BARROS, Rodrigo. **L'histoire de l'assainissement de base au Brésil.** AEGEA sanitation. São Paulo: 2016. Disponible à l'adresse suivante : <http://www.aegea.com.br/portfolios/a-historia-do-saneamento-basico-no-   brasil/> consulté le : avril/2017.

BRÉSIL. **LOI N° 11.445, DU 5 JANVIER 2007.** Disponible à l'adresse : <http://www.planalto.gov.br/ccivil_03/_ato2007-2010/2007/lei/l11445.htm> Consulté le : 15 fév. 2017.

BRÉSIL. **LOI N° 12.305, DU 2 AOÛT 2010.** Disponible à l'adresse suivante : <http://www.planalto.gov.br/ccivil_03/_ato2007-2010/2010/lei/l12305.htm> Consulté le : 08 avr. 2017

CAMPOS, M. G. V. **L'hémochromatose - la maladie de l'accumulation du fer.** Instituto Goiano de Oncologia e Hematologia - INGOH, 2017. Disponible à l'adresse : <http://ingoh.com.br/dicas-de-saude/hemocromatose-a-doenca-do-acumulo-de-ferro/> Consulté le : 20 avril 2017.

CASTRO, C. M. de ; PEIXOTO, M. N. de O ; RIO, G. A. P. do. **Risques environnementaux et géographie : conceptualisations, approches et échelles.** Anuário do Instituto de Geociências - UFRJ, v. 28. n 2, p. 11-30. 2005.

CESAN - Companhia Espirito Santense de Saneamento. **Manuel de traitement des eaux usées.** 2013. Disponible à l'adresse : <http://www.cesan.com.br/wp-content/uploads/2013/08/APOSTILA_TRATAMENTO_ESGOTO.pdf> Consulté le : 20 Jan. 2017.

FARIA, C. **Assainissement de base.** InfoEscola, Navigating & Learning : 2006. Disponible à l'adresse : http://www.infoescola.com/saude/saneamento-basico/ Consulté le : 13 déc. 2016.

FERNANDES, R. S. ; SOUZA, V. J. ; PELISSARI, V. B. ; FERNANDES, S. T. **Utilisation de la perception environnementale comme outil de gestion dans des applications liées aux domaines éducatif, social et environnemental.** In : II ANPPAS Meeting, 2004, Campinas, São Paulo. Disponible à l'adresse : http://www.anppas.org.br/ encontro anual/encontro2/GT/GT10 /roosevelt_fernandes.pdf Consulté le : 13 août 2009.

FRAZÃO, Arthur. **9 symptômes qui peuvent indiquer la présence de vers.** TuaSaúde, 2016. Disponible sur : <https://www.tuasaude.com/sintomas-de-vermes/> Consulté le : 20 avr. 2017.
FUNASA - Fondation nationale de la santé. **Assainissement pour la promotion de la santé.** Ministère de la santé.2011. Disponible à l'adresse suivante : <http://www.funasa.gov.br/site/engenharia-de-saude-publica-2/saneamento- para-promocao-da-saude/> Consulté le : 14 avr. 2017.

G1. **1,7 million d'enfants meurent chaque année à cause de facteurs environnementaux, selon des rapports de l'OMS.** 2017. Disponible à l'adresse : <http://g1.globo.com/bemestar/noticia/17-milhao-de-criancas-morrem-por-ano- due-to-environmental-factors-say-oms-reports.ghtml> Consulté le : 01 mai 2017.

GOUVERNEMENT FÉDÉRAL. **Portail de la transparence.** Ministère de la Transparence, de l'Inspection et du Contrôleur général de l'Union. Agreements by State/Municipality, Spreadsheet. 2016. Available at:<http://www.portaldatransparencia.gov.br/convenios/consultam.asp?fcod=4 63&fnome=igarape-acu&festado=pa&forgao=00&fconsulta=0> Accessed on : 05 Dec. 2016.

GUIMARÃES, P. L. ; FONTINHAS, R. L.. **PARÁ30GRAUS.** Disponible à l'adresse : <http://www.para30graus.pa.gov.br/> Consulté le : 10 déc. 2016.

GUIMARÃES, A. J. A. ; CARVALHO, D. F. de ; SILVA, L. D. B. da.

L'assainissement de base. S. l., 2007, 9 p. Document de l'Institut de technologie/Département d'ingénierie - Université rurale fédérale de Rio de Janeiro : <http://www.ufrrj.br/institutos/it/deng/leonardo/downloads/APOSTILA/Apostila%20IT%20179/Cap%201.pdf>. Consulté le : 09 déc. 2016.

IBGE - Institut brésilien de géographie et de statistique. **Histoire d'Igarapé-Açu, Pará.** 2013. Disponible à l'adresse : http://ibge.gov.br/cidadesat/painel/historico.php?codmun=150320&search=para%7Cigarape-acu%7Cinfograficos:-historico&lang= Consulté le : 10 Dec. 2016.

IGARAPÉ-AÇU (PARÁ). Département municipal de l'environnement. **Carte de localisation de la zone d'élimination des déchets solides.** Igarapé-Açu, 2016.

IGARAPÉ-AÇU (PARÁ). Département des travaux municipaux . **Projet Construction d'un drain.** Igarapé-Açu, 2016.

IGARAPÉ-AÇU (PARÁ). Département des travaux municipaux . **Projet Construction d'une fosse septique.** Igarapé-Açu, 2016.

IGARAPÉ-AÇU (PARÁ). Département des travaux municipaux. **Représentation AUTOCAD du cours de la rivière et de l'ancienne galerie.** Igarapé-Açu, 2016.

IGARAPÉ-AÇU (PARÁ). Département des travaux municipaux. **Image d'une section de la galerie sans couverture.** Igarapé-Açu, 2016.

LIMA, R. S. ; LIMA, R. C. ; OKANO, N. H. **Saneamento Ambiental.** Conseil régional d'ingénierie, d'architecture et d'agronomie du Paraná - CREA/PR. Agenda parlementaire Série de notes techniques : ?

MACEDO, R. L. G. **Environmental Perception and Awareness.** Lavras : UFLA/FAEPE, 2000.

MARCOS, Talita. L'**assainissement de l'environnement.** 2012. Disponible à l'adresse : <http://www.trabalhosfeitos.com/ensaios/Saneamento-Ambiental/245964.html>. Consulté le 16 mars 2015.

MENDES, Jerônimo. **Paradoxes et paradigmes.** Jerônimo Mendes Pour un monde plus entrepreneurial, 2015. Disponible à l'adresse :

<http://www.jeronimomendes.com.br/paradoxos-e-paradigmas/> Consulté le : 23 mai 2017.

MINISTÈRE DE LA SANTÉ. **Programme d'eau à l'école livré à Igarapé Açu dans le Pará.** Fondation nationale de la santé - FUNASA : Nov/2013. Disponible sur : http://www.funasa.gov.br/site/programa-agua-na-escola-e- entregue-em-igarape-acu-no-para/ Consulté le : 10 déc. 2016.

MINISTÈRE DE L'ENVIRONNEMENT. **Plans municipaux de gestion intégrée des déchets solides. (?).** Disponible à l'adresse : < http://www.mma.gov.br/cidades-sustentaveis/residuos-solidos/instrumentos-da-politica-de-residuos/planos-municipais-de-gestação%C3%A3o-integrada-de-res%C3%ADduos-s%C3%B3lidos> Consulté le : 13 déc. 2016.

MOTTA, M. E. F. A. ; SILVA, G. A. P. **Diarrhée causée par des parasites.** Département de la mère et de l'enfant. Centre des sciences de la santé, Université fédérale de Pernambouc. Revista brasileira da saúde materno infantil, Recife, vol. 2 : p. 117127, 2002. Disponívelem : <http://www.scielo.br/scielo.php?script=sci_arttext&pid=S1519-38292002000200004> Consulté le : 13 avril 2017.

NASCIMENTO, J. ; DUTRA, T. ; FRUTUOSO, N. ; PASSOS, R. ; CAVALCANTI, N. ; SILVA, T. ; AMORIM, E. **Évaluation de la perception de l'environnement.** Une étude de cas avec les commerçants du marché public de Mangueiras à Jaboatão dos Guararapes - PE. Pernambuco : ?, 8 pgs.

OLIVEIRA, D. A. **Avaliação do teor de ferro em águas subterrâneas de alguns Poços tubulares, no plano diretor de Palmas - TO.** Tocantins : 2004, 15 pages . Disponible à l'adresse suivante:<

http://www.bvsde.paho.org/bvsaidis/puertorico29/gilda.pdf> Consulté le : 08 Dec. 2016.

OPS - Organisation panaméricaine de la santé dans les Amériques : 2007 Washington, D.C. : OPS, 2007. 2 v. (OPS, Publication scientifique et technique, n 622) Disponible à : <http://www.opas.org.b/publicmo.cfm?codigo=97>. Consulté le : 19 déc. 2015.

PALHETA, F. **Igarapé-açu : le procureur organise une nouvelle réunion sur le plan d'action avec la communauté et les organisations.** ESTADO DO PARÁ,

Ministério Público - Procuradoria Geral da Justiça : 2014. Disponible à l'adresse : <
http://www.mppa.mp.br/index.php?action=Menu.interna&id=3490&class=N>
Consulté le : 13 Nov. 2016.

LA PENSÉE VERTE. **Découvrez comment fonctionnent les toilettes sèches**. Salle
de presse, 2013. Disponible à l'adresse :
<http://www.pensamentoverde.com.br/dicas/saiba-como- how-a-dry-bathroom-
works/> Consulté le : 19 avril 2017.

PORTAIL DE LA TRANSPARENCE. **Accords par État/municipalité**. Ministère
de la Transparence, de l'Inspection et du Contrôleur général de l'Union,
Gouvernement fédéral   :   2016.
            Disponible à l'adresse   :
http://www.portaldatransparencia.gov.br/convenios/consultam.asp?fcod=463&f
name=igarape-acu&ffestado=pa&forgao=00&fconsulta=0 Consulté le : 12 déc. 2016.

RIBEIRO, J. W. ; ROOKE, J. M. S. **L'assainissement de base et ses relations avec
l'environnement et la santé publique**. UFJF - Cours de spécialisation en analyse
environnementale. Juiz de Fora: 2010. Disponible à l'adresse suivante :
<http://www.ufjf.br/analiseambiental/files/2009/11/TCC-
SaneamentoeSa%C3%BAde.pdf> Consulté le : 16 déc. 2016.

RIBEIRO, L. **Histoire de l'assainissement de base au Brésil**. Site web : Aquafluxus
- Environmental Consultancy in Water Resources. Politiques publiques, 2013.
Disponible à l'adresse : <http://www.aquafluxus.com.br/historia-do-saneamento-
basico- no-brasil/> Consulté le : avril/2017.

R7. **Comment augmenter l'immunité des chiots et des adultes**. 2017.
Disponible à l'adresse : <http://animais.culturamix.com/dicas/como-aumentar-a-
immunity-of-your-dog> Consulté le : 05 mai 2017.

SABESB - Société d'assainissement de base de l'État de São Paulo.
Qualité de   l'eau..   .   Disponible
at:<http://site.sabesp.com.br/site/interna/Default.aspx?secaoId=40> Consulté le 13
mai 2017.

SANTOS, A. **L'eau - La crise d'approvisionnement inquiète Igarapé-Açu**. Portal
JNP,   2014.   Disponible à l'adresse   suivante:<
http://www.portaljnp.com.br/index.php?pag=noticia&id=8446> Consulté le : 09 Nov.
2016.

SBEM - Société brésilienne d'endocrinologie et de métabologie. **Les dangers de l'automédication.** 2016. Disponible à l'adresse : <https://www.endocrino.org.br/os-perigos-da-automedicacao/> Consulté le : 01 mai 2017.

SANETRAN. **Évolution de l'assainissement dans le monde et importance de la gestion des déchets solides.** 2016. Disponible à l'adresse : <http://sanetran.com.br/evolucao-do- sanitation-in-the-world-and-the-management-of-solid-waste/> Consulté le 08 avril 2017.

SIQUEIRA CAMPOS ASSOCIADOS. **Calcul de la taille de l'échantillon.** 2009. Disponible à l'adresse : http://www.siqueiracampos.com/downloads.asp Consulté le : 14/05/2012.

STAUT, B. **Vous voulez un chat de compagnie ? Pensez-y à deux fois.** HypeScience, 2012. Disponible à l'adresse : <http://hypescience.com/quer-um-gato-de-estimacao-think-twice/> Consulté le : 02 mai 2017.

ANNEXE
Questionnaire SAAE

1. En quelle année le SAAE a-t-il été créé dans la municipalité ?
2. Vos services répondent-ils à la proposition initiale ?
3. Le quartier des collines dispose-t-il de services SAAE ?

L'eau

4. Directeur Paulo, comment l'eau est-elle collectée et traitée ?
5. Combien de réservoirs le quartier de Colina compte-t-il et combien d'entre eux sont actifs ?
6. Selon le portail JNP, lors d'un entretien avec le directeur, celui-ci a expliqué pourquoi l'organisation ne gère plus l'ensemble de l'approvisionnement en eau de la municipalité et que les investissements dans la maintenance des services sont basés sur les redevances de consommation d'eau. Comment ces redevances sont-elles fixées ? Quels sont les critères à respecter ?
7. Toujours dans le cadre d'un entretien avec le portail JNP, le directeur commente la mise en œuvre du projet Alvorada et le fait que ce service, auparavant fourni par

l'agence, a commencé à être municipalisé en 2000, de sorte que les ressources qui allaient directement au SAAE sont désormais gérées par le gouvernement municipal. Comment pouvez-vous commenter cette situation ?

8.   L'eau fournie aux habitations est-elle évaluée par des tests en laboratoire ? À quelle fréquence ? Ces résultats sont-ils conformes aux paramètres établis par la résolution n° 396/2008 de la CONAMA ?

Assainissement
9.   Le quartier des collines dispose-t-il d'un système de collecte et de traitement des eaux usées ?

10.   L'organisation sait-elle comment sont traitées les eaux usées domestiques de tous les ménages ? Si oui, quelles sont les méthodes connues ?

11.   Est-il prévu de mettre en place un système de collecte des eaux usées domestiques dans le but de l'inclure dans les services fournis par le SAAE ?

12.   Certaines personnes affirment que la manière dont elles traitent leurs eaux usées et celles de nombreux autres ménages de la ville consiste à se débarrasser de leurs déchets dans des égouts ou des fosses noires, et que nombre d'entre eux n'ont pas été entretenus depuis de nombreuses années, tandis que d'autres ne l'ont jamais été. Comment le SAAE traite-t-il ces informations ?

13.   Les eaux usées compromettent-elles un élément de l'approvisionnement en eau, y compris les systèmes de micro-approvisionnement fournis par la mairie, ou l'eau de baignade locale elle-même ? Dans l'affirmative, des mesures ont-elles été prises ?

Questionnaire SEMMA / Igarapé-Açu - PA.

Assainissement général

La municipalité dispose-t-elle d'un plan d'assainissement municipal ? Si oui,

depuis combien de temps ?

1. Le Secrétariat contrôle-t-il la mise en œuvre des solutions adoptées par les ménages en matière d'assainissement individuel ? Fournit-il à tout moment des informations ou des conseils sur l'importance et la meilleure mesure technique qui ne compromet pas la santé et l'environnement ?

2. En établissant les éléments définis dans l'article, la municipalité ne peut pas ne pas tenir compte des lignes directrices en matière d'assainissement établies dans la loi 11.445/2007, qui dans son point III stipule que parmi les principes fondamentaux qui doivent être fournis par le service public d'assainissement de base sont : l'approvisionnement en eau, les eaux usées sanitaires, le nettoyage urbain et la gestion des déchets solides effectués de manière appropriée à la santé publique et à la protection de l'environnement. Les mesures adoptées par le secrétariat répondent-elles à cet objectif ?

L'eau

3. Quels sont les services de distribution d'eau potable qui répondent actuellement aux besoins de la population du quartier de Colina ?

4. Comment l'eau est-elle traitée pour être distribuée ?

5. On sait que depuis 2000, avec la mise en œuvre du projet Alvorada, les services fournis jusqu'alors uniquement par le Service autonome des eaux et des égouts (SAAE) ont été municipalisés et que leurs investissements ont été gérés par le gouvernement municipal. On sait également que quelques années plus tard, comme le montre un rapport du portail JNP de 2014, l'approvisionnement en eau d'Igarapé-Açu s'est effondré et que les principales raisons en sont la croissance démographique

et les changements dans la politique d'expansion du système d'approvisionnement. Pourriez-vous nous parler de ces changements et de leurs principales fonctions et objectifs ?

6. On peut voir sur le portail JNP et auprès du ministère public de l'État du Pará qu'aujourd'hui l'approvisionnement en eau est constitué de services du SAAE et de microsystèmes d'approvisionnement en eau installés dans les communautés et les quartiers de la ville, généralement coordonnés par une association de riverains, en partenariat avec la mairie. Ces microsystèmes sont-ils présents dans le quartier de Colina ? Si oui, répondent-ils à la demande ? Font-ils l'objet d'un traitement avant d'être distribués aux consommateurs/résidents ?

7. Les microsystèmes d'approvisionnement en eau installés dans le quartier de Colina sont-ils régulièrement analysés en laboratoire ? Dans l'affirmative, les paramètres respectent-ils les limites fixées dans l'ordonnance 2914/11 du ministère de la santé ?

Drainage

8. Quel est le type de traitement des eaux usées prédominant dans la municipalité ?

9. Quelles sont les principales mesures utilisées pour contrôler ce type de traitement ?

10. Existe-t-il un souci de contrôle et d'application de l'entretien des différentes formes de traitement sanitaire utilisées dans les habitations ?

11. Il est bien connu dans la région que la grande majorité des déchets ménagers sont traités à l'aide de fosses d'aisance noires, de drains, etc.

Certaines personnes affirment également que leurs fosses d'aisance ne sont pas entretenues régulièrement. La SEMMA contrôle-t-elle ou a-t-elle mis en place des mesures pour contrôler les traitements individuels mis en œuvre dans les habitations ? Propose-t-elle des formations aux nouveaux habitants compte tenu de l'augmentation de la population et des mesures d'assainissement individuel adoptées ?

Drainage urbain

12. Comment se passe l'évacuation des eaux dans le quartier de Colina ?
13. Existe-t-il un moyen de traiter l'eau de la rivière qui "lave" les rues ?
14. Quelle est la destination principale de cette eau ?
15. La masse d'eau qui reçoit cette eau présente-t-elle des signes d'interférence avec son environnement naturel ? Quels sont les principaux changements ?

Déchets solides

16. Comment les déchets solides sont-ils éliminés dans le quartier de Colina ?
17. Existe-t-il un traitement de ces déchets avant leur élimination finale ?
18. Quelle est la taille de la zone d'élimination des déchets ?
19. Comment la collecte est-elle effectuée et à quelle fréquence ?

20. Existe-t-il des initiatives de tri des déchets ? Existe-t-il des coopératives de recyclage dans la région ? Dans l'affirmative, la municipalité est-elle impliquée dans la coopérative ?
21. Selon le bureau du procureur général dans une audience publique sur le Plan d'action du ministère public, à l'écoute de la communauté et des organismes de santé et de sécurité, à la recherche de solutions aux problèmes

liés à la municipalité, tenue par Fábia Mussi de Oliveira Lima en 2014 et disponible sur le site Web http://www.mppa.mp.br, "l'agriculteur José Palheta a souligné l'importance de l'événement sur les déchets et a dénoncé la contamination des ruisseaux autour de lui, contaminant l'eau des résidents des communautés d'Açaiteua et de Mangueirão. "Il a mis en garde contre le travail des enfants à la décharge et la précarité de l'eau - souvent contaminée - dans le centre-ville." Depuis 2014, des mesures ont-elles été prises pour remédier à ces problèmes ?

22. Selon le portail d'information du Pará, DOL - Diário Online, et disponible sur le site :
<http://www.diarioonline.com.br/noticias/para/noticia-385938- moradores-denunciam-problemas-causados-por-lixao.html, les habitants ont dénoncé les problèmes causés par la décharge de la municipalité, qui, ironiquement, est située dans le quartier Água Limpa et a pour principal point de référence l'école Ione. Selon eux, depuis le premier mandat de l'actuelle maire Sandra Miki Uesugi Nogueira (PR), il y avait une promesse de remédier aux problèmes de la décharge en la désaffectant. Le temps a passé et maintenant que le deuxième mandat de la maire touche à sa fin, les problèmes restent les mêmes, en particulier la grande quantité de fumée provenant des incendies qui se produisent sur le site et qui affectent une grande partie de la municipalité. En conséquence, selon le rapport du DOL, plusieurs enfants et adolescents, en particulier ceux qui étudient à l'école, ainsi que des personnes âgées souffrent déjà de problèmes respiratoires dus à l'inhalation de composants toxiques. Selon un habitant, plusieurs plaintes ont été déposées auprès du service de l'environnement de la municipalité, mais la situation est restée inchangée jusqu'à présent. Comment pouvez-vous

commenter la position du département sur les faits ?

Département municipal de la santé d'Igarapé-Açu - SEMS

1. Les maladies hydriques sont des réalités auxquelles nous sommes soumis lorsque l'eau que nous consommons, directement ou indirectement, n'est pas correctement traitée. Dans le quartier de Colina, y a-t-il des cas fréquents de maladies liées directement ou indirectement à l'eau ? Par exemple : diarrhée infectieuse, amibiase, leptospirose, hépatite contagieuse, choléra ? Y a-t-il des périodes où le nombre de cas diffère ? Comme les périodes de pluie, par exemple.

2. Les enfants traités dans les unités de santé de base du quartier de Colina présentent-ils des cas de maladies hydriques fréquentes ? Si oui, lesquelles ?

3. Y a-t-il déjà eu des cas d'empoisonnement dus à l'ingestion de certaines substances chimiques, organiques ou inorganiques présentes dans l'eau à des concentrations inadéquates, généralement supérieures aux normes admises pour la consommation humaine ?

4. Les agents de santé se rendent-ils fréquemment sur place ? Donnent-ils aux résidents des conseils d'hygiène de base ?

5. Combien de fois par an les agents endémiques se rendent-ils au domicile des résidents ?

6. Comment se présentent les données relatives aux maladies liées aux vecteurs Aedes Aegypti, qui, bien qu'ils ne soient pas liés à la consommation directe d'eau contaminée, sont des vecteurs qui se reproduisent à l'état statique et selon des schémas saisonniers favorables, à savoir différentes maladies telles que la dengue, le paludisme ou la fièvre jaune. Et s'il y a eu des cas de maladies plus récentes comme le virus Zika et/ou le Chicungunya confirmés dans le quartier de Colina.

7. Comment les cas de maladies suspectées d'être liées aux vecteurs Aedes Aegypti sont-ils analysés dans les unités de santé de base de Bairro da Colina ?

8. Des mesures sont-elles prises pour combattre et contrôler le moustique de la dengue

?

QUESTIONNAIRE POUR UNE ENQUÊTE AUPRÈS DES HABITANTS DU QUARTIER DE LA COLLINE.

CARACTÉRISTIQUES DU LOGEMENT

01. Combien de personnes vivent dans la maison ?
( ) 1 à 3 personnes
( ) 4 à 5 personnes
( ) 6 à 7 personnes

02. Combien d'enfants ?
( ) 01 enfant
( ) 02 Enfants
( ) 03 Enfants
( ) 04 Enfants
( ) 05 enfants ou plus

03. Combien d'enfants âgés de moins de 05 ans ?
___ Enfants

( ) Pas d'enfant

04. Combien de pièces y a-t-il dans la maison où vous vivez ?
( ) 01 ( ) 02 ( ) 03 ( )04
( ) 05 ( ) 06 ( ) 07 ( )08
( ) 09 ( ) 10 ou plus

05. Cochez ce que votre maison a :
( ) Lumière électrique
( ) Eau courante (réseau)
( ) Système d'égouts
( ) Salle de bain à l'intérieur de la maison
( ) Eau de puits
( ) Fosse ou évier
( ) Eaux usées à ciel ouvert
( ) Toilettes de jardin
( ) Toilettes communes/collectives

CARACTÉRISTIQUES DE L'APPROVISIONNEMENT EN EAU ET DE L'UTILISATION DE L'EAU

06. Quelle est la principale source d'approvisionnement en eau de votre ménage ?

( ) Réseau de distribution général (SAAE)
( ) Puits ou source sur la propriété
( ) Puits ou source à l'extérieur de la propriété
( ) Eau de pluie stockée
( ) Rivières, lacs ou Igarapés

07. Le ménage dispose-t-il de l'eau courante ?

( ) Oui
( ) Non

08. L'eau utilisée pour la boisson dans le ménage est :

( ) Filtré
( ) Bouillie
( ) Minéral
( ) Pas de traitement à domicile

( ) Traité différemment à la maison (Lequel ? _____)

09. Comment conservez-vous l'eau pour la maison ?

( ) citerne
( ) boîte de conserve avec couvercle
( ) boîte de conserve sans couvercle
( ) cuve en terre cuite   avec couvercle
( ) Cuve en terre cuite   sans couvercle
( ) réservoir d'eau avec couvercle
( ) réservoir d'eau sans couvercle
( ) l'eau est acheminée par canalisation
( )d' une autre manière :_____

CARACTÉRISTIQUES DU RÉSEAU D'ÉGOUTS SANITAIRES

01. Comment les déchets (fèces/urines) de votre ménage sont-ils éliminés ?

( ) Utilise une fosse noire (petite maison/privée)
( ) Drainage
( ) Utiliser une fosse septique avec filtre anaérobie
( ) Utilise une fosse septique dont les effluents sont dirigés vers la rivière
( ) Dans la cour, à l'arrière de la maison ou dans un bois.
( ) Précisez autre chose :_____

02. Quels types de problèmes rencontrez-vous avec l'élimination de vos déchets ?
( ) Pas de problème ( ) Mauvaise odeur
( ) Colmatage ( ) Fuite
( ) Précisez autre chose : _____

03. A quelle fréquence devez-vous nettoyer ou réparer la fosse d'aisance ?
( )Une fois par an ( )Ne nettoie pas/n'a jamais nettoyé

( ) Pas besoin de nettoyer

04. Combien de salles de bains y a-t-il dans votre maison ?
1 ( )   2   ( )3 ( ) plus de 3 _____

05. Où s'écoule l'eau de la baignade, de la lessive et de la vaisselle ?
( ) Au ruisseau, à la rivière, au lac
( ) S'écoule dans la rue par le biais de canalisations
( ) Elle est dirigée vers le terrain de la maison

( )Autre forme d'élimination, veuillez préciser :___

CARACTÉRISATION DE L'UTILISATION ET DE L'ÉLIMINATION DES DÉCHETS

06. Que faites-vous, vous et les autres personnes de votre foyer, avec les déchets ?
( ) Collecté quotidiennement par le service de nettoyage
( ) Collectés dans une benne de service de nettoyage.
( ) Est brûlé sur la propriété
( ) Est enterré sur la propriété
( ) Déposés sur un terrain vague ou dans la rue
( ) Jeté dans une rivière, un lac, un ruisseau.

07. Comment votre famille se débarrasse-t-elle des déchets à la maison ?
( ) dans une poubelle munie d'un couvercle et d'un sac en plastique inversé
( ) dans une poubelle avec couvercle qui n'est pas munie d'un sac en plastique doublé
( ) dans une poubelle sans couvercle
( ) Autres moyens, veuillez préciser : _____

08. Y avait-il un service de ramassage des ordures ?
( ) oui
( ) Non

80

09. À quelle fréquence les déchets sont-ils ramassés dans le cadre du système de collecte ordinaire ?
( ) quotidien
( ) 2 à 3 fois par semaine
( ) hebdomadaire
( ) mensuel - rarement

10.   Comment a-t-elle été collectée ?
( ) de maison en maison
( ) à un point fixe de la rue
( ) dans une décharge près de la maison

CARACTÉRISTIQUES DE LA SANTÉ DE LA FAMILLE

11.   Laquelle de ces maladies a été contractée par un membre de votre famille ?
( ) Maladie de la peau

( ) Maladie infectieuse
( ) Diarrhée
( ) Choléra
( ) Empoisonnement
( ) Intoxication
( ) Vers ou parasites
( ) Aucun de ces éléments

12.   Avez-vous consulté un centre de santé pour diagnostiquer cette maladie ?
( ) Oui
( ) Non
( ) Seulement quelques-uns

13.   Combien de fois par an recevez-vous la visite d'un agent de maladie endémique (comme la dengue) ?

( ) Mensuelle
( ) Tous les 2 mois
( ) De 2 à 4 fois
( ) Une fois
( ) Jamais reçu

14.   D'une manière générale, comment jugez-vous la santé de votre localité ?
( ) Très bien

( ) Bon
( ) Régulier
( ) Mauvais
( ) Très mauvais

15.   Lorsque l'on est malade ou que l'on a besoin de soins de santé, on s'y rend généralement :
( )Pharmacie
( ) Remèdes naturels
( ) Centre de santé
( ) Hôpital
( ) Aucune
( ) Autre : _____

QUESTIONS FINALES

16.   Avez-vous des animaux à la maison ?
( ) oui ( ) non ; Quels animaux   _____

17.   Comment les animaux sont-ils nourris ?
( ) aliments ( ) restes de nourriture ; autres : _____

18.   Comment la bouche des enfants est-elle nettoyée quotidiennement ?
( ) 1 fois par jour
( ) 2 fois par jour
( ) 3 fois par jour
( ) n'est pas

ANNEXES
Rapport d'essai du point de collecte

Governo do Estado do Pará
Secretaria de Estado de Saúde Pública
Laboratório Central do Estado

RELATÓRIO DE ENSAIOS
Nº160314000134
Nº Vigilância: 03 | Nº Processo: 10-13062016

DADOS DO SOLICITANTE

Nome: UNIDADE DE VIGILANCIA SANITARIA DE IGARAPEACU (CNES: 2312247)
Município: IGARAPE-ACU / PA
Telefone: (91)3441-1276 / **E-mail:** vig_sanitaria@outlook.com
Natureza: PÚBLICA   **Origem:** VISA

DADOS DA COLETA

Finalidade: VIGIAGUA MENSAL
Motivo: POTABILIDADE
Descrição do Motivo: MONITORAMENTO DA AGUA PARA CONSUMO HUMANO
Local: ████
Endereço: TRAV BENJAMIN CONSTANT
Município: IGARAPE-ACU / PA
Zona: URBANA
Procedência da Coleta: SOLUÇÃO ALTERNATIVA
Ponto da Coleta: PONTO DE CAPTAÇÃO
Responsável: PEDRO RICARDO MODESTO MONTEIRO   **Documento:** RG 2406235   **Telefone:** (91)8274-4459

DADOS DA AMOSTRA

Tipo da Amostra: ÁGUA NÃO TRATADA   **Apresentação:** 200 mL   **Acondicionamento:** REFRIGERADO
Data da Coleta: 13/06/2016   **Hora da Coleta:** 18h 10min   **Chuva nas últimas 48hs:** SIM

ANÁLISE DE CAMPO

Não informado pelo responsável da coleta.

RECEBIMENTO DA AMOSTRA

Data: 14/06/2016   **Hora:** 14h 26min   **Entregue por:** PEDRO RICARDO   **Recebido por:** ALEX SANDRO

OBSERVAÇÃO

SAI

RESULTADO DAS ANÁLISES

FÍSICO-QUÍMICA

Ensaio: CLORO LIVRE   **Processamento:** 14/06/2016 14h 30min
Referência: PORTARIA Nº 2.914, DE 12 DE DEZEMBRO DE 2011   **Valor Ref.:** Entre 0,2 mg/L e 5 mg/L
Metodologia: Método Colorimétrico DPD SMEWW, 22ª Ed. 4500-Cl G
Resultado: Análise não realizada: água não tratada. mg/L
Conclusão: Não Se Aplica
Conferido e liberado por CRISTINA TEREZA BRITO(Téc. de Laboratório), em 24/06/2016 17:39:14

MICROBIOLÓGICA

Governo do Estado do Pará
Secretaria de Estado de Saúde Pública
Laboratório Central do Estado

RELATÓRIO DE ENSAIOS
Nº160314000134
Nº Vigilância: 03 | Nº Processo: 10-13062016

Ensaio: COLIFORMES TOTAIS   **Processamento:** 15/06/2016 08h 00min
Referência: PORTARIA Nº 2.914, DE 12 DE DEZEMBRO DE 2011   **Valor Ref.:**
Metodologia: Substrato Cromogênico/Enzimático SMEWW, 22ª Ed. 9223 B
Resultado: Presença
Conclusão: Não Se Aplica

Conferido e liberado por JOANA D'ARC BEZERRA(farmaceutica-bioquimica), em 15/06/2016 10:59:48.

Ensaio: ESCHERICHIA COLI   **Processamento:** 15/06/2016 08h 00min
Referência: PORTARIA Nº 2.914, DE 12 DE DEZEMBRO DE 2011   **Valor Ref.:** Ausência em 100 mL
Metodologia: Substrato Cromogênico/Enzimático SMEWW, 22ª Ed. 9223 B
Resultado: Ausência
Conclusão: Satisfatório

Conferido e liberado por JOANA D'ARC BEZERRA(farmaceutica-bioquimica), em 15/06/2016 10:59:48.

ORGANOLÉPTICA

Ensaio: TURBIDEZ   **Processamento:** 14/06/2016 14h 30min
Referência: PORTARIA Nº 2.914, DE 12 DE DEZEMBRO DE 2011   **Valor Ref.:** VMP: 5 uT
Metodologia: Método Nefelométrico SMEWW, 22ª Ed. 2130 B
Resultado: 18,87 uT
Conclusão: Insatisfatório

Conferido e liberado por CRISTINA TEREZA BRITO(Téc. de Laboratório), em 24/06/2016 17:39:14.

CONCLUSÃO FINAL

INSATISFATÓRIA

Conferido e liberado por CRISTINA TEREZA BRITO(Téc. de Laboratório), em 28/06/2016 16:41:24.

Notas: 1 - VMP: Valor Máximo Permitido | VR: Valor de Referência;
2 - LQM: Limite de Quantificação do Método | LDM: Limite de Detecção do Método;
3 - SAA: Sistema de Abastecimento de Água | SAC: Solução Alternativa Coletiva | SAI: Solução Alternativa Individual;
4 - SMEWW: Standard Methods for the Examination of Water & Wastewater | APHA: American Public Health Association | NBR: Norma Brasileira;
5 - São de responsabilidade do solicitante o plano amostral, os dados da coleta, a coleta, o acondicionamento, o transporte e a análise de campo.
6 - O relatório não pode ser utilizado em publicidade, propaganda eles para fins comerciais. Os resultados referem-se única e exclusivamente à amostra encaminhada pelo solicitante;
7 - Quando forem detectadas amostras com resultado positivo para coliformes totais, mesmo em ensaios presuntivos, ações corretivas devem ser adotadas e novas amostras coletadas em dias imediatamente sucessivos até que revelem resultados satisfatórios.

Rapport d'essai du réservoir d'eau

Governo do Estado do Pará
Secretaria de Estado de Saúde Pública
Laboratório Central do Estado

RELATÓRIO DE ENSAIOS
Nº160314000135
Nº Vigilância: 03 | Nº Processo: 11-13062016

DADOS DO SOLICITANTE

Nome: UNIDADE DE VIGILANCIA SANITARIA DE IGARAPEACU (CNES: 2312247)
Município: IGARAPE-ACU / PA
Telefone: (91)3441-1276 / **E-mail:** vig_sanitaria@outlook.com
Natureza: PÚBLICA **Origem:** VISA

DADOS DA COLETA

Finalidade: VIGIAGUA MENSAL
Motivo: POTABILIDADE
Descrição do Motivo: MONITORAMENTO DA AGUA PARA CONSUMO HUMANO
Local: ▮▮▮▮▮
Endereço: TRAV BENJAMIN CONSTANT
Município: IGARAPE-ACU / PA
Zona: URBANA
Procedência da Coleta: INTRA-DOMICILIAR/INTRA-PREDIAL
Ponto da Coleta: RESERVATÓRIO DE ÁGUA
Responsável: PEDRO RICARDO MODESTO MONTEIRO **Documento:** RG 2406235 **Telefone:** (91)8274-4459

DADOS DA AMOSTRA

Tipo da Amostra: ÁGUA NÃO TRATADA **Apresentação:** 200 mL **Acondicionamento:** REFRIGERADO
Data da Coleta: 13/06/2016 **Hora da Coleta:** 18h 13min **Chuva nas últimas 48hs:** SIM

ANÁLISE DE CAMPO

Não informado pelo responsável da coleta.

RECEBIMENTO DA AMOSTRA

Data: 14/06/2016 **Hora:** 14h 26min **Entregue por:** PEDRO RICARDO **Recebido por:** ALEX SANDRO

OBSERVAÇÃO

SAI

RESULTADO DAS ANÁLISES

FÍSICO-QUÍMICA

Ensaio: CLORO LIVRE **Processamento:** 14/06/2016 14h 30min
Referência: PORTÁRIA Nº 2.914, DE 12 DE DEZEMBRO DE 2011 **Valor Ref.:** Entre 0,2 mg/L e 5 mg/L
Metodologia: Método Colorimétrico DPD SMEWW, 22ª Ed. 4500-Cl G
Resultado: Análise não realizada: água não tratada. mg/L
Conclusão: Não Se Aplica

Conferido e liberado por CRISTINA TEREZA BRITO(Téc. de Laboratório). em 24/06/2016 17:39:14

MICROBIOLOGICA

85

Governo do Estado do Pará
Secretaria de Estado da Saúde Pública
Laboratório Central do Estado

RELATÓRIO DE ENSAIOS
Nº160314000135

Nº Vigilância: 03 | Nº Processo: 11-13062016

Ensaio: COLIFORMES TOTAIS   **Processamento:** 15/06/2016 08h 00min
Referência: PORTARIA Nº 2.914, DE 12 DE DEZEMBRO DE 2011   **Valor Ref.:**
Metodologia: Substrato Cromogênico/Enzimático SMEWW, 22ª Ed. 9223 B
Resultado: Ausência
Conclusão: Não Se Aplica

Conferido e liberado por JOANA D'ARC BEZERRA(farmacêutica-bioquímica), em 15/06/2016 10:59:48.

Ensaio: ESCHERICHIA COLI   **Processamento:** 15/06/2016 09h 00min
Referência: PORTARIA Nº 2.914, DE 12 DE DEZEMBRO DE 2011   **Valor Ref.:** Ausência em 100 mL
Metodologia: Substrato Cromogênico/Enzimático SMEWW, 22ª Ed. 9223 B
Resultado: Ausência
Conclusão: Satisfatório

Conferido e liberado por JOANA D'ARC BEZERRA(farmacêutica-bioquímica), em 15/06/2016 10:59:47.

ORGANOLÉPTICA

Ensaio: TURBIDEZ   **Processamento:** 14/06/2016 14h 30min
Referência: PORTARIA Nº 2.914, DE 12 DE DEZEMBRO DE 2011   **Valor Ref.:** VMP: 5 uT
Metodologia: Método Nefelométrico SMEWW, 22ª Ed. 2130 B
Resultado: 0,86 uT
Conclusão: Satisfatório

Conferido e liberado por CRISTINA TEREZA BRITO(Téc. de Laboratório), em 24/06/2016 17:39:14.

CONCLUSÃO FINAL

SATISFATÓRIA

Conferido e liberado por CRISTINA TEREZA BRITO(Téc. de Laboratório), em 28/06/2016 16:41:35.

Notas: 1 - VMP: Valor Máximo Permitido | VR: Valor de Referência;
2 - LQM: Limite de Quantificação do Método | LDM: Limite de Detecção do Método;
3 - SAA: Sistema de Abastecimento de Água | SAC: Solução Alternativa Coletiva | SAI: Solução Alternativa Individual;
4 - SMEWW: Standard Methods for the Examination of Water & Wastewater | APHA: American Public Health Association | NBR: Norma Brasileira;
5 - São de responsabilidade do solicitante o plano amostral, os dados da coleta, a coleta, o acondicionamento, o transporte e análise de campo;
6 - O relatório não pode ser utilizado em publicidade, propaganda e/ou para fins comerciais. Os resultados referem-se única e exclusivamente à amostra encaminhada pelo solicitante.
7 - Quando forem detectadas amostras com resultado positivo para coliformes totais, mesmo em ensaios presuntivos, ações corretivas devem ser adotadas e novas amostras coletadas em dias imediatamente sucessivos até que revelem resultados satisfatórios.

Rapport de test de robinetterie après réservation

Governo do Estado do Pará
Secretaria de Estado de Saúde Pública
Laboratório Central do Estado

RELATÓRIO DE ENSAIOS
Nº160314000136
Nº Vigilância: 03 | Nº Processo: 12-13062016

DADOS DO SOLICITANTE

Nome: UNIDADE DE VIGILANCIA SANITARIA DE IGARAPEACU (CNES: 2312247)
Município: IGARAPE-ACU / PA
Telefone: (91)3441-1276 / **E-mail:** vig_sanitaria@outlook.com
Natureza: PÚBLICA **Origem:** VISA

DADOS DA COLETA

Finalidade: VIGIAGUA MENSAL
Motivo: POTABILIDADE
Descrição do Motivo: MONITORAMENTO DA AGUA PARA CONSUMO HUMANO
Local: ▓▓▓▓▓▓▓▓
Endereço: TRAV BENJAMIN CONSTANT
Município: IGARAPE-ACU / PA
Zona: URBANA
Procedência da Coleta: INTRA-DOMICILIAR/INTRA-PREDIAL
Ponto da Coleta: TORNEIRA APÓS A RESERVAÇÃO
Responsável: PEDRO RICARDO MODESTO MONTEIRO   **Documento:** RG 2406235   **Telefone:** (91)8274-4459

DADOS DA AMOSTRA

Tipo da Amostra: ÁGUA NÃO TRATADA   **Apresentação:** 200 mL   **Acondicionamento:** REFRIGERADO
Data da Coleta: 13/06/2016   **Hora da Coleta:** 18h 20min   **Chuva nas últimas 48hs:** SIM

ANÁLISE DE CAMPO

Não informado pelo responsável da coleta.

RECEBIMENTO DA AMOSTRA

Data: 14/06/2016   **Hora:** 14h 26min   **Entregue por:** PEDRO RICARDO   **Recebido por:** ALEX SANDRO

OBSERVAÇÃO

SAI

RESULTADO DAS ANÁLISES

FÍSICO-QUÍMICA

Ensaio: CLORO LIVRE   **Processamento:** 14/06/2016 14h 30min
Referência: PORTARIA Nº 2.914, DE 12 DE DEZEMBRO DE 2011   **Valor Ref.:** Entre 0,2 mg/l. e 5 mg/l.
Metodologia: Método Colorimétrico DPD SMEWW, 22ª Ed, 4500-Cl G
Resultado: Análise não realizada: água não tratada. mg/L
Conclusão: Não Se Aplica
          Conferido e liberado por CRISTINA TEREZA BRITO(Téc. de Laboratório), em 24/06/2016 17:39:14.

MICROBIOLÓGICA

Governo do Estado do Pará
Secretaria de Estado de Saúde Pública
Laboratório Central do Estado

RELATÓRIO DE ENSAIOS
Nº160314000136
Nº Vigilância: 03 | Nº Processo: 12-13062016

Ensaio: COLIFORMES TOTAIS   **Processamento:** 15/06/2016 08h 00min
Referência: PORTARIA Nº 2.914, DE 12 DE DEZEMBRO DE 2011   **Valor Ref.:**
Metodologia: Substrato Cromogênico/Enzimático SMEWW, 22ª Ed. 9223 B
Resultado: Ausência
Conclusão: Não Se Aplica

Conferido e liberado por JOANA D'ARC BEZERRA(farmaceutica-bioquimica), em 15/06/2016 10:59:47.

Ensaio: ESCHERICHIA COLI   **Processamento:** 15/06/2016 08h 00min
Referência: PORTARIA Nº 2.914, DE 12 DE DEZEMBRO DE 2011   **Valor Ref.:** Ausência em 100 mL
Metodologia: Substrato Cromogênico/Enzimático SMEWW, 22ª Ed. 9223 B
Resultado: Ausência
Conclusão: Satisfatório

Conferido e liberado por JOANA D'ARC BEZERRA(farmaceutica-bioquimica), em 15/06/2016 10:59:47.

ORGANOLÉPTICA

Ensaio: TURBIDEZ   **Processamento:** 14/06/2016 14h 30min
Referência: PORTARIA Nº 2.914, DE 12 DE DEZEMBRO DE 2011   **Valor Ref.:** VMP: 5 uT
Metodologia: Método Nefelométrico SMEWW, 22ª Ed. 2130 B
Resultado: 1,79 uT
Conclusão: Satisfatório

Conferido e liberado por CRISTINA TEREZA BRITO(Téc. de Laboratório), em 24/06/2016 17:39:28.

CONCLUSÃO FINAL

SATISFATÓRIA

Conferido e liberado por CRISTINA TEREZA BRITO(Téc. de Laboratório), em 28/06/2016 15:41:40.

Notas: 1 - VMP: Valor Máximo Permitido | VR: Valor de Referência;
2 - LQM: Limite de Quantificação do Método | LDM: Limite de Detecção do Método;
3 - SAA: Sistema de Abastecimento de Água | SAC: Solução Alternativa Coletiva | SAI: Solução Alternativa Individual;
4 - SMEWW: Standard Methods for the Examination of Water & Wastewater | APHA: American Public Health Association | NBR: Norma Brasileira;
5 - São de responsabilidade do solicitante o plano amostral, os dados da coleta, a coleta, o acondicionamento, o transporte e análise de campo;
6 - O relatório não pode ser utilizado em publicidade, propaganda etou para fins comerciais. Os resultados referem-se única e exclusivamente à amostra encaminhada pelo solicitante;
7 - Quando forem detectadas amostras com resultado positivo para coliformes totais, mesmo em ensaios presuntivos, ações corretivas devem ser adotadas e novas amostras coletadas em dias imediatamente sucessivos até que revelem resultados satisfatórios.